文学少女

见习生的毕业

目录

冬柴瞳
Hitomi Fuyushiba

"我这辈子……
只会爱一个人"

忍成良介
Ryosuke Oshinari

"他早就应该去死，
你不这么想吗？"

井上心叶
Konoha Inoue

"我和冬柴同学交往了。"

日坂菜乃
Nano Hinosaka

"要是小瞳有烦恼，
我一定要帮助她。"

菜乃，我告诉你，
你应该做的是轻视我，
别再缠着我！

文学少女

见习生的毕业

〔日〕野村美月 著　〔日〕竹冈美穗 绘

哈娜 译

人民文学出版社

PEOPLE'S LITERATURE PUBLISHING HOUSE

著作权合同登记号：图字 01-2018-2166

"文学少女"見習いの、卒業。

©2010 Mizuki Nomura
First published in Japan in 2010 by KADOKAWA CORPORATION,Tokyo.
Simplified Chinese translation rights arranged with KADOKAWA CORPORATION, Tokyo
through Tuttle-Mori Agency, Inc., Tokyo and Bardon Chinese Media Agency, Inc.

图书在版编目（CIP）数据

见习生的毕业 /（日）野村美月著；（日）竹冈美穗
绘；哈娜译. —— 北京：人民文学出版社，2018（2023.1重印）
　（文学少女）
　ISBN 978-7-02-014012-1

Ⅰ.①见… Ⅱ.①野… ②竹… ③哈… Ⅲ.①长篇小
说 – 日本 – 现代 Ⅳ.①I313.45

中国版本图书馆CIP数据核字(2018)第062197号

责任编辑　朱卫净　李　殷
装帧设计　汪佳诗

出版发行　人民文学出版社
社　　址　北京市朝内大街166号
邮政编码　100705

印　　制　山东新华印务有限公司
经　　销　全国新华书店等

字　　数　110千字
开　　本　787毫米×1092毫米　1/32
印　　张　8.625
版　　次　2019年1月北京第1版
印　　次　2023年1月第3次印刷

书　　号　978-7-02-014012-1
定　　价　55.00元

如有印装质量问题，请与本社图书销售中心调换。电话：010-65233595

序章
代替自我介绍的前言
令我了解何谓寂寞的是……

"我是一个寂寞的人。"有个人沉静地笑着说。

十六岁之前，我不知道什么是真正的寂寞。

犯下无法弥补的过错，和非常在意的人分离……这种小说般的情节都发生在蛋壳之外，而我只是在壳里伸长脖子，从壳上的小洞朝外面屏息偷窥罢了。

可是，这个蛋壳在我十六岁那年的冬春之际破裂，我的生活从此变色、变形。

蛋壳"啪"一声裂开，碎成一地残骸，我独自站在其中。这种感觉就像太阳下沉，天昏地暗，心上破了一个洞。冷风由该处吹进来，令我好无助。

这种感觉就叫寂寞吗？

我刚认识初恋对象时，他已经处于蔚蓝澄澈的寂寞。

他的寂寞深深地吸引我。

我好想陪伴他，为他消解寂寞，渴望得心神颤动。

和他在一起时是那样快乐，心中充满甜美的爱恋，无论他再冷漠我都甘之如饴。他看我一眼，我就感到小鹿乱撞；他对我稍稍一笑，我就开心得喜上眉梢。真的好幸福，幸福得不得了，真希望时间永远停留在那一刻。

那段日子是那么奢侈。

我从没想过会有离别的一天。

我从不知道离别竟是如此寂寞，竟是如此空虚，如此寂寥。

　　我爱上他的那一天，樱花如梦似幻地轻柔飘舞在金色的暮霭中。

　　离别之日，耀眼光辉之中也有花瓣飞舞……

文学少女

的寂寞

见习生

第一章
爱情不能开玩笑

　　"缪塞《勿以爱情为戏》的味道就像山葵巧克力。"

　　翻开放在腿上的薄书，我斩钉截铁地说。

　　放学后的文艺社，我屈膝坐在铁管椅上，苦闷地皱紧眉头，练习当个"文学少女"。心叶学长则坐在对面看我刚刚交出去的三题故事。

　　"阿尔弗雷德·德·缪塞是一八一〇年十二月十一日出生于巴黎的作家，是个被大家称为神童的美少年，还有个在政府当官的父亲。

　　"写下《爱的精灵》的男装美人乔治·桑就是他的情人喔。

　　"可是，后来他和桑的恋情告吹，随后即创作了《勿以爱情为戏》这部剧作。

　　"男爵的儿子佩尔迪根和表妹卡蜜儿自幼订下婚约，旁人都很期待这两人成婚，但是在修道院学习新娘课程的卡蜜儿见到久违的佩尔迪根，却冷冷地拒绝了他。

　　"忿忿不平的佩尔迪根转而追求卡蜜儿的同乳姐妹萝塞特——一个淳朴的乡下姑娘，而萝塞特也爱上他！

　　"没想到卡蜜儿只是欲迎还拒，其实她也很喜欢佩尔迪根。两人互诉衷肠时却被萝塞特听到了！唉，后来的剧情太残酷，我实在说不出口。

　　"本来以为是甜丝丝的巧克力，咬下去才发现里面包的是山葵，辣得舌头都发麻了。佩尔迪根太浪荡，根本是在玩弄萝塞特的感情嘛……"

我在椅子上摇来摇去，狠狠瞪着心叶学长。

"这故事告诉我们，爱情是不能开玩笑的！不然就会塞得满嘴山葵，辣到眼睛喷火，眼泪鼻水一起狂流，悲惨到极点喔！"

我说得横眉竖眼，频频挥舞拳头。心叶学长看完三题故事，爽朗地笑着对我说：

"山葵巧克力这个比喻很有趣。日坂同学，你已经有文学少女的样子啰。"

那个笑容很清新又很知性，美好到连空气都几乎为之溶化。

"我我我我才不会被这种甜言蜜语欺骗！"

我慌得差点滑下椅子。

"这怎么会是欺骗？我只是坦白地说出感想。"

心叶学长平静地微笑。

"今天的三题故事也很有讽刺味道，写得很好。'浣熊'谎称'茶匙'是魔法棒，带到'舞会'当作宾果游戏的奖品，结果鼻子一直伸长，还冲破大气层。好个壮阔的小木偶故事。"

不行，不能上当！我板着脸站起来。

"说谎的下场就是这么可怕！所以心叶学长也该说实话！昨天那件事究竟是怎么回事？"

"哪件事？"

"就是你和小瞳在社团活动室里接接接接吻那件事啊！"

我脸红得简直像是着火，激动到口齿不清。

昨天放学后！

就在这个地方！

我喜欢的人偏偏和我从小一起长大的好朋友接吻！

而且，我的好朋友小瞳还冷冷地看着我，冷淡地说……

——你明白了吧？少碍事。

我当然完完全全、彻彻底底、一丁点儿都不明白。

小瞳和心叶学长竟然接吻了！

对男生一向冷淡的小瞳，和笑着甩掉专一纯情女孩（就是我）的心叶学长，竟然接吻了！而且当时的情况看起来就像是小瞳主动往心叶学长靠过去！

这个场面诡异得有如学校突然变成三丽鸥彩虹乐园，还有戴着蝴蝶结的猫咪跳着舞跑出来。

我看得目瞪口呆，维持三秒的灵魂出窍状态之后……

"我不明白啦——"

我一边大叫一边冲向他们两人，着急地问：

"发生什么事？这是整人游戏吗？你们背着我在进行什么计划吗？"

可是小瞳和心叶学长没做任何解释，只给我冷漠的答复。

"我不太方便说。"

"这跟你无关。"

呜呜呜……这两人之间到底是怎么回事嘛！

为文化祭排演话剧时，他们也曾背着我偷偷交换手机号码，在不知不觉间走得很近，可是……小瞳和心叶学长不可能发展成那种关系！我也不希望他们变成那种关系啦！

小瞳从小就是个保密主义者。如果第一次问不出来，此后就算搔她痒，她都不会笑，更不会开口。

所以，我只能让心叶学长说出所有真相。

我咬牙切齿地沉重喘气，瞪着心叶学长。他无可奈何地沉下脸色回答："我们没有接吻。"

"真……真的吗？"

"嗯。"

"说谎会让鼻子变长喔。"

"我的鼻子没有变长吧？所以这不是谎话。被某人偷亲的事已经给了我很大的教训，我不可能再让人轻易得手。"

"是吗……"

我的心中顿时一轻。

所以，他们两人当时只是把脸贴近？但是，为什么要那么亲密地靠在一起？两人的嘴唇真的连一毫米都没碰到？连嘴角都没碰到吗？如果只是亲脸颊的话也算亲吻吧？我的担忧还是堆积如山，但是怎样都比他们真的接吻好过几百倍，所以就当作是这样吧，嗯。

咦？心叶学长的表情还是很黯淡，他的眼神像是牵挂着某件事，又像是担心。

我正在不安时，心叶学长静静地说：

"可是，我和冬柴同学交往了。"

"咦？"

我吓得非同小可。心叶学长定睛凝视着我，好像还是若有所思。

"那个……所谓的交往……是指……"

"就是字面上的意思，我暂时要当冬柴同学的男朋友。"

心叶学长说得很干脆。

"不行啦！我反对！心叶学长还是个考生，哪有时间跟女生腻在一起啊！还有三个月就要考试了呀！"

"真想不到日坂同学的口中会说出这种话，我还以为你早就忘记我是考生呢。"

"呃……我一直在为心叶学长的考试默默祈祷。是真的！我还计划好寒假时要为心叶学长跑一百趟寺庙呢。就算模拟考拿到A也不能掉以轻心啊。"

我一边解释，一边心虚地转移视线。

此时教室门打开，出现一位短发美少女。

是小瞳！

美女即使臭着脸还是美，她那瓷器般的光滑肌肤、长长的睫毛、冰冷清澈的眼睛、曲线优美的薄唇、瘦削的下巴，每个地方都极为完美。

她就是所谓的冰雪型美少女、冰山美人。

从小学到现在一直黏着小瞳的我都情不自禁为她的美貌倾心，所以男生当然会喜欢小瞳。

但是，我还是坚持反对心叶学长和小瞳交往，一定要反对到底！

我张开双手挡在小瞳面前。

"小瞳，我连一步都不会让开的！就算你是我的好朋友……不对，正因为你是我的好朋友，所以我更不能退让！如果想和心叶学长交往，就先把你对心叶学长的爱写成三千张稿纸交上来！

要是没有这种热情，我绝不认同你这个情敌！"

正当我说得义正词严的时候……

"再见，日坂同学。"

心叶学长提着书包和外套，爽快地走过我身边。

小瞳冷眼看着我。

然后她一扭头，和心叶学长一起离开。

"呜呜呜……心叶学长……小瞳……"

十分钟后，我哭丧着脸躲在图书馆的书架后偷看。

心叶学长和小瞳并肩坐在桌前。

课本和笔记本摊开在桌上，心叶学长似乎在教小瞳功课。

小瞳在期中考时拿下全学年第二十四名，她才不需要别人教呢！相较之下，数学和物理经常不及格的我更需要个别补课啊！

呜！刚刚他们的手靠在一起！

啊！小瞳抬头看心叶学长了！

啊，啊！心叶学长往小瞳贴过去了！还笑得好甜蜜……

"呜……井上……"

后面有个声音很像我刚才的呻吟。

我回头一看，见到七濑学姐含泪注视着桌子那边。

"这……这是怎么回事？"

她伏在我的背后不悦地说：

"难道井上变心？不，不可能有这种事……因为井上对远子学姐是那么……可是，井上和那个女生在排练话剧时看起来好亲密，而且那个女生的身材比日坂好，个性比日坂稳重，也比日坂聪明漂亮，一看就知道男人缘胜过日坂一百倍……"

"七濑学姐，你说得太过分了。"

我悄声抗议，七濑学姐却没听进去。她按在我背上的手微微颤动，继续说：

"啊啊，该怎么办呢？井上和这个比日坂漂亮的女生……传短信给朝仓商量看看吧……不对，这样会把事情闹大，给井上添麻烦……可是，竹田说不定会告诉朝仓。那我到底该怎么做呢？啊啊啊，呜……"

"七濑学姐，你冷静一点吧。"

我转向七濑学姐，用双手握住她的手。

"其中一定有什么隐情。心叶学长不像是会乱来的人，因为他在我的再三诱惑之下都没有动摇过啊。"

七濑学姐不好意思地低头。

"说……说的也是。亏我的年纪还比你大，竟然这么惊慌，真是丢脸。日坂，你好冷静啊。"

"因为我相信心叶学长。"

正当我挺胸如此说着的时候……

"啊！井上握住那个女生的手了！不过，我还是得相信井上……"

"咦咦！不可以啦！"

我放开七濑学姐的手，朝那两人冲过去。

"日坂！你根本言行不一嘛！太奸诈了！"

七濑学姐也跟着跑来。

我大口喘气，在心叶学长对面的座位上"砰"的一声放下书包。

"小瞳、心叶学长，真巧啊！我可以坐这里吗？"

"日坂同学？连琴吹同学也在？"

心叶学长瞪大眼睛看着我和七濑学姐，七濑学姐噘着嘴别过脸。

"我……我才不管你爱怎么跟其他女生打情骂俏！都是日坂拜托我教她功课，我才勉强陪她来的！"

七濑学姐说得结结巴巴，红着脸坐在我身旁。

"虽……虽然不干我的事，不过，你们刚才是不是握手了？"

她不高兴地说，脸依然朝向旁边。

"咦？"

心叶学长一时之间慌了手脚，但很快就镇定下来。

"喔，那是因为我要拿橡皮擦，所以才会不小心碰到。"

小瞳还是冷冷地沉默不语，简直像冰凉的薄荷冰淇淋。

"啊哈哈，原来如此。七濑学姐真是的，没事为什么突然叫得那么大声嘛。"

"你你你在胡说什么！明明是你自己先跑过来的！"

我跟七濑学姐同声推托，还用手肘互顶，此时小瞳轻启珊瑚色的嘴唇。

"井上学长，这里我不太懂。"

她淡淡地对心叶学长说话，好像完全不把我们两人看在眼里。

"喔，这里啊……"

原本心叶学长不知所措地看着我们，此刻却贴向小瞳，轻声细语地说明。

心叶学长的气质清纯知性，小瞳则是个冰山美少女，这对组合美得像是一幅画，真叫人不甘心。

外人难以介入的两人世界，实在是太亲密了。

"啊！手滑了一下，自动铅笔掉了！"

我故意把自动铅笔弄掉，伸长手臂挤进他们两人之间。

"日坂同学，你小心一点。"

心叶学长露出苦笑，小瞳投来冰冷的目光。

"啊！橡皮擦掉了！"

"啊！垫板又掉了！"

"啊啊！铅笔盒也掉了！"

每次他们一靠近，就会有东西从对面乒乒乓乓地飞过去阻挠。

七濑学姐原本只是睁大眼睛愣愣地看着，后来也下定决心……

"我……我才不在乎你们想怎样，是书包自己……"

她一边说，一边像在打保龄球似的，把书包朝心叶学长和小瞳推过去。

"琴吹同学，你也太夸张了吧？"

心叶学长冒出冷汗。

"又……又不是我做的，是书包自己跑过去的。"

"太神秘了，这一定是灵异现象。"

"就……就是说啊，这张桌子或许遭到诅咒呢。"

"如果想要驱邪，就得奉神之名说出实话才行。"

"太蠢了。"

小瞳冷冷地说。

就在这时候——

"不好意思，你们打扰到其他同学了，麻烦你们安静一点好吗？"

那是沉着的低沉嗓音。

一个稍微驼背的年轻男人不知何时来到桌边，悄声说道。

他似乎是三十岁上下……在十六岁的我看来，已经是个大叔。

这个男人穿西装，戴眼镜，长得温文儒雅，气质挺符合我最近在小说上看到的"静谧"一词，又有点死气沉沉。

"忍成老师！对……对不起……"

七濑学姐红着脸站起来。

他是高三的老师吗？我没什么印象。

我也慌忙站起身，想和七濑学姐一起道歉。

这时，小瞳握住心叶学长的手。

"走吧。"

我和七濑学姐的视线都盯在他们相叠的手上。

小瞳垂下长长的睫毛，冷冷地说：

"这里太吵了，我们换个安静的地方慢慢温习。"

什……什么啊？小瞳？这奇怪的语气是怎么回事？难……难道是引诱？这样不行啊，太危险了！

心叶学长没有甩开小瞳的手，脸上露出一闪而逝的阴霾，随即以清澈的眼神看着小瞳回答："嗯，也对。"

接着，他又恭敬地向老师鞠躬说"吵到大家真是对不起"，便和小瞳手牵着手走出图书馆。

啊啊啊啊啊，走掉啦……

七濑学姐消沉地喃喃自语："只……只能相信井上了……"

"就是啊!"

我用力点头,但冷汗狂流。

这时,我发现老师仍站在桌边。

他眯起眼镜之下的眼睛,一脸愧疚地看着心叶学长他们离去的方向,大概觉得是自己把他们赶走的。这反而令我有些罪恶感,所以我又低头道歉。

"呃,真的很对不起,我不该在这里吵闹。"

老师沉静地微笑,仿佛平静的水面兴起些许涟漪。

"没关系,以后多注意一点就好,日坂同学。"

"是的。"

再次鞠躬时,我突然感到不对劲。

咦?咦?他刚刚叫我"日坂同学"?可是,他怎么会知道我的名字?

奇怪,太奇怪了。

对了,我总觉得他有些面熟……

我正在疑惑时,有些驼背的身影已经慢慢走向柜台。

"七濑学姐,刚刚那个老师是谁?"

"他是上个月刚来的临时图书馆员,姓忍成。"

忍成吗……我听了名字还是想不起来,总觉得好像在哪里见过他。唔……到底是在哪里呢……

"不知道。"

小瞳回答得极度冷淡,而且十分明确。

这是隔天的午休时间。

我像平时一样拼起桌子说"小瞳，来吃午餐吧"。为了缓和气氛，我随口问她"新来的图书馆员忍成老师是不是很像谁啊"，结果却得到这种答案。

呜……根本没办法聊天嘛。

我下定决心要在今天搞懂小瞳为什么有那些神秘的举止，还制定了作战计划，打算先用轻松的谈话解除她的心防。可是对手实在太难缠。算了，改用 B 计划吧。

"小瞳！我昨天烤了红白蛋糕，想吃的话就供出你和心叶学长的事！"

我把包着可爱缎带的一大块蛋糕重重放在桌上试图利诱，结果小瞳摊开包着便当的水蓝色布巾，不感兴趣地说：

"你应该说'不想吃的话'才对。如果又是你今年正月拿来的东西，我可不想再吃一次。"

"这是经过改良的美味蛋糕喔！我的家人都赞不绝口呢。怎样啊？很想亲自体会看看一年的光阴会让蛋糕进化到什么地步吧？"

"不想。"

她优雅地掀开塑胶便当盖，我一看见便当里的东西就呆住了。

"小……小瞳……那是什么？"

"酱卤蝗虫。"

小瞳用筷子夹起便当盒里的褐色物体，一口一口地吃着。

她吃了……小瞳面无表情地吃着蝗虫。

小瞳从小到大都很讨厌虫子，看到一只蚊子，就宁可彻夜不睡也一定要拿着杀虫剂盯着半空追去追去；小学上课观察蟋蟀的时候，她也会嫌恶到皱起鼻子。现在竟然在吃虫子！竟然在吃蝗虫!

小瞳有点偏食,便当一向带的是自己做的鸡肉火腿三明治,而且吐司和芥末奶油酱也一定得是某家指定品牌做的才行。一旦喜欢上某种食物,小瞳就会一直吃。

可是,她为什么突然开始吃酱卤蝗虫?

这是小瞳近来的喜好吗?即使如此,整个便当只有蝗虫没有其他配菜和白饭也太奇怪了,这是什么惩罚游戏吗?

小瞳真的很不对劲!

我看着默默吃下蝗虫的小瞳,越来越确定一件事。

一定是发生了某种大事,让小瞳不得不吃自己最讨厌的虫子!

"小瞳!红白蛋糕直接给你吧,不用交换条件了。你吃吃蛋糕打起精神,然后把所有事情都告诉我。"

小瞳扬起长长的睫毛,透明到近乎冰冷的眼睛正对着我。

"菜乃,你不气我和井上学长交往吗?"

我立即回答:"你又不喜欢心叶学长,所以我只觉得疑惑,不明白你为什么要和心叶学长交往。"

小瞳的筷子停了,她表情冷淡地沉默不语。

我对十月的事还记忆犹新。那天小瞳牵着爱犬散步,在一间豆腐店前甩了一个二年级的学长。

"你要怎样才肯和我交往?"

学长泪眼蒙眬地恳求,小瞳却指着天空。

"你让天空立刻下雪,我就答应。"

她回答得很漠然,很冷淡。

听说那位学长绝望地冲进豆腐店里买了一大堆豆腐,并在午休时间抽抽噎噎地全部吃光。

这件事让小瞳"冰山美人"的名号在校内不胫而走。

小瞳从来不对追求她的男生客气。

说得明确一点，是从初一的冬天，小瞳因为重要的人过世而剪去一头漂亮长发的时候开始的。

在此之前，小瞳拒绝男生的方式、和别人相处的态度，都比现在柔和一些。

她从那时候开始不再笑了，讲话像冰柱子一样寒冷尖锐。

我一直和小瞳在一起，所以我很清楚。

如果小瞳动了真情，我一定会准备一大束花和准备好一年的红白蛋糕去祝贺。可是，现在的她不像三年前一样会真心爱上别人了。

"我看得出来，因为我们是好朋友。"

我诚恳地断言，小瞳却流露黯淡的目光，像是避免和我视线相汇似的低头，沉默一阵子，才咬着嘴唇低声说：

"那么……如果我是真心喜欢井上学长……你要怎么办？"

"咦？"

我愣住了。

"那……那就不妙啦。唔……唔……"

这个棘手的问题让我沉吟不已。

"你会恨我吧？"

"咦？"

"会觉得我最好消失对吧？"

"怎……怎么会呢……"

"会希望我去死吧？"

"这……这太夸张啦！小瞳！"

小瞳站了起来。

她饱含怒火的眼神看得我背脊僵硬。小瞳为什么这么生气？

"菜乃，我告诉你。你该做的是轻视我，别再缠着我。"

她厉声说完就收起便当盒离开。

我实在不明白，小瞳。

放学后，我走在走廊上，觉得胃好痛。

后来，我一直没机会和小瞳说话。

我总觉得若不快点想办法解决，小瞳就要走进暴风雪了。

果然还是只能逼心叶学长吐露实情。可是，我该怎么做呢？威胁利诱好像都对付不了心叶学长……

我去图书馆的柜台归还那本《山葵巧克力》时，依然皱眉苦思着下一个计划。

"日坂同学。"

听到这个亲切的声音，我抬头一看，发现戴着眼镜、长相斯文的老师正对我微笑。

是图书馆员忍成老师！我急忙向他鞠躬。

"对……对不起，昨天造成老师的困扰，我今天会安静一点。对了……老师怎么会知道我的名字？"

老师很快地回答我的问题。

"我们以前见过啊。"

"果然是这样！对不起，我最近一直在想，但还是想不起来在哪里见过老师。"

我一脸惭愧地低下头，老师见状便温柔地眯起眼睛。

"因为那时日坂同学还是小学生，我也还在念书。"

"咦？老师几岁啦？"

"明年就三十岁了，在你们看来已经是个老头子。"

"怎么会呢……"

"日坂同学可是第一次看到我就说'这个叔叔是谁啊'。那时我才二十四岁，正在读研究所呢。"

研究所？二十四岁？

脑海里灵光一现，我想起来了！

"是猴子哥哥！小瞳的家庭教师！"

我忍不住大声说话，又急忙遮住嘴巴。

"对……对不起。"

"没关系。方便的话，能不能到办公室跟我聊一下呢？我也想问你一些关于瞳同学的事。"

在图书馆内的员工办公室里，忍成老师给我倒了一杯茶。

"啊，茶梗竖起来了。"①

"哇，真的。"

我们两人相视一笑。

我渐渐想起来了。是的，猴子哥哥就是这种人。他一向温和体贴，说话时也轻轻柔柔。

小学五年级时，小瞳的家庭教师每周会去她家两次。

小瞳当时的成绩已经比我好很多，不过，她的家人还是请了家庭教师来帮她准备初中的入学考试。

---

① 传说茶梗竖起是一种祥兆。

某天，我像平常一样去找小瞳玩，发现她家有个戴眼镜的陌生人。

"小瞳，这个叔叔是谁啊？"

我很失礼地指着那人问。

"太笨了，菜乃。老师虽然像个大叔，其实才二十四岁，这种时候应该要客套一下叫人家'哥哥'才对。"

小瞳说的话好像比我更没礼貌……

不过，老师没有生气。他问我"你是瞳同学的朋友吗"，对我非常客气，还告诉我他在大学研究的是猴子。

猴子分成猿和猴，有尾巴的是猴，没有尾巴的是猿，猿和人类的演化关系比较近。老师研究的是某种猿类，好像叫做……

"老师研究的是 Bonobono 对吧！"

我脱口而出，老师一脸尴尬地回答：

"不是 Bonobono，是 Bonobo（倭黑猩猩）。"

"哇，对不起！"

"如果是 Bonobono，不就变成花栗鼠和小浣熊吗？ ①"

老师看到我惊慌失措的模样，温柔地眯起眼睛。

"没关系，这在日本不是常见的品种，你还记得我就很高兴了。而且，你刚才叫我猴子哥哥而不是猴子叔叔，这样就够了。"

老师真是个好人，不过他好像比我在小学那时看到的更加淡泊。虽然他现在是二十九岁，外表却显得更年轻了。

我一边喝茶，一边想着这些不太礼貌的事。茶的甘味和涩味恰到好处，真是好喝极了，简直是名家手艺。他一定很习惯自己

---

① 漫画作品，主角是水獭、花栗鼠和浣熊。

泡茶。

话说回来，小瞳为什么假装不认识忍成老师呢？

昨天他们在图书馆碰面时，小瞳也不跟他打招呼，可说是视若无睹。小瞳以前每周会见到老师两次，照理来说不可能忘记啊……

我猜小瞳可能讨厌老师。

她本来会去补习班，后来却不去了，理由是"某某老师一直盯着我，恶心死了"。如果她看忍成老师不顺眼，大概也会轻易说出"我要炒你鱿鱼，以后别再来"。

我问过小瞳"你的家庭教师是怎样的人"，她还一脸冷淡地说"是个大叔"，不过又板着脸补充一句"他不会直盯着我瞧，安静得像是没有呼吸"。

除此之外，小瞳好像没有主动提过老师的事……

啊，不过……

"小学六年级时，我和小瞳和老师一起去过海边吧！老师答应小瞳，只要她模拟考得到 A 就带她出去玩，对吧？"

"嗯嗯，是啊。"

忍成老师温和地微笑，我也觉得好怀念。

对了，小瞳当时是考生，所以暑假也不能出去玩，老师看到她一脸无聊的模样就说："如果你下次考试得到 A，我就拜托你妈妈让你出去玩。"

于是小瞳非常用功读书，果真得到 A，赢得了一天的假期。我和小瞳都很开心，兴奋不已。

"我们一起在路边摊吃玉米。小瞳担心玉米皮黏在牙齿上，还故意背对着我们吃呢。"

"嗯嗯。"

"我还和小瞳比赛谁能跟着波浪漂得更高。"

"是啊。"

"后来小瞳被浪花打翻游泳圈而溺水，还是老师去救她的。"

讲到这里，我突然停住。

记忆像闪电一样劈进脑海。

那是老师帮小瞳做人工呼吸的景象！

小瞳的脸色苍白得像蜡烛，松开的发丝贴在脸上。她身穿白色泳装躺在沙滩上，一动也不动。

我好怕小瞳会死，吓得眼眶盈满泪水，浑身颤抖。

当时，老师脱下眼镜，皱紧眉头，焦急地咬紧牙关，帮小瞳做了几次心脏复苏，接着凑近了嘴唇。

老师的嘴唇贴上小瞳发紫的嘴唇，我心惊胆战地在一旁看着。

"日坂同学，请你忘记刚刚看到的事。初吻对女孩子来说是很重要的，所以要对瞳同学和其他人保密。"

老师看到小瞳吐出海水，开始呼吸，总算松一口气，然后他露出伤脑筋的表情，微笑着对我说出这句话。

我不知道该说什么，只能拼命点头。

对了！猴子哥哥就是小瞳的初吻对象。

老师见我红着脸不发一语，多半猜到我在想什么。

他把细细的手指贴在嘴上，轻声说道："要保密喔。"

我仍然跟那时一样不断点头，老师静静地微笑。

"呃……对了，老师说要问关于小瞳的事，是什么事啊？"

我的脸颊还在发烫。

老师听到这句话，眼神变得有些晦暗。

"你认识昨天和瞳同学一起读书的学生吗？"

"是的，他是我的社团学长……"

我听到老师问起心叶学长，不禁有些疑惑。他神情凝重地看着我。

"他和瞳同学在交往吗？"

"呃……听说是这样啦……"

我才不承认……虽然这样想，我还是不情愿地如此回答。

老师的眼神变得更阴暗。

"什么时候开始的？"

"好像是最近。"

老师的表情变得越来越严肃，让我有点不安。

"他是怎样的人？"

"为什么老师要问这些事呢？是小瞳家人要求的吗？"

老师有点惊愕，然后苦笑着说：

"不是的，我当瞳同学的家庭教师只当到她初中一年级。对不起，这样问东问西简直像是查人户口。其实，我只是很好奇瞳在跟怎样的人交往，因为瞳……就像我的妹妹一样。"

老师安静而低沉地说着，眼睛蒙上一层阴影，仿佛想起某件伤心事。看到老师的表情，我也突然想起那件事，胸口变得好沉重。

"老师当小瞳的家庭教师是当到她初一的什么时候呢？"

老师状似悲伤地眯起眼睛。

"十二月底。"

心脏有种受到压迫的感觉，我吞着苦涩的口水。

老师知道小瞳在那年的十二月底时发生了什么事。

在圣诞节将近的某天，她剪掉留到腰际的长发。

有个高中男生死了——是自杀。

传闻说他是被小瞳害死的，因为小瞳甩了他。

小瞳没有向任何人辩解，她对谁都绝口不提这件事，在第三学期开学以后依然天天上学，但整天都不跟别人说话。即使班上的人刻意忽视她，她还是不发一语，下课时间也总是一个人坐在座位上。

"听说冬柴害死人。"

"我知道，是○○高中一年级的学生吧？"

"冬柴仗着自己长得漂亮又有钱就自以为了不起，谁去向她示好都会被拒绝。说不定是她甩人的态度太狠了。"

"我以后都不跟冬柴说话了。"

"我也是！我才不想跟杀人凶手说话！"

我很担心小瞳，每天都去她的教室找她说话。

小瞳整整两个月没跟我说话，也没告诉我发生什么事。

我也没有问她。

因为我知道，死掉的男生是小瞳喜欢的人，叫做櫂。

之后的三年，小瞳一直没再留长头发。

"我在这三年里没见过瞳同学，所以最近在学校遇见她，就很想知道她过得如何。如果她和那个男生交往顺利，我也会比较放心。"

忍成老师没再当小瞳的家庭教师一定是因为那件事，所以，老师大概真的很担心小瞳。

想起当时的事，我又觉得心痛欲裂。

为了让老师安心，我说："小瞳过得很好，虽然说话比以前恶毒一点，不过想说就说才像她的作风嘛。心叶学长是个很棒的人，他温柔、聪明，也很敏锐，遇到事情时非常可靠，是全世界最棒的人！"

老师疑惑地说："这真是……很大的赞赏呢。"

我满脸笑容地猛点头。

"是的，因为他是我最喜欢的人。"

老师突然脸色发青，表情僵硬，眼神也变得肃穆。

"所以，你和瞳同学和他是三角关系吗？"

"唔……或许吧……"

老师突然抓住我的肩膀，我大惊失色。

"不可以！"

纤细的手指深深陷进肉中，好痛！

老师紧盯着我，表情可怕得像是要吃人，把我吓得动弹不得。他以充满惊惧的眼神直视着我，痛苦地喘着气说："瞳同学和他正在交往吧？而你只是暗恋？若是这样，你应该立刻死心才对。"

老师在说什么啊？

我头昏眼花，混乱至极。

刚才他还很自然地聊天，为什么突然变了一个样……

老师嘶哑地说："爱情……是罪恶的。"

这句话刺进我的胸口，脑袋和耳中都热得像被火烧。

"爱情会毁灭一切，那种事情绝对不能再发生第二次。拜托你……不要背叛瞳同学。"

老师为什么这么激动？

为什么呼吸紊乱、声音颤抖，露出这么痛苦的模样？

为什么说爱情是罪恶的？

老师盯着我怯懦的眼睛，双手抓得更用力，有如陷入无尽绝望似的一再强调。

"听到了吗？千万别忘记，爱情是罪恶的。"

请准许我在结束生命之前说出这一切。

我本来打算把这份心情永远藏在胸中，但我就像那本寂寞的小说里深受罪恶感和自私所苦的老师一样，希望在死前对别人说出真心话，就算只让一个人知道也好。

从害死他的那天开始，我再也没办法相信别人。

说出这种事，或许会让你觉得困扰。

想抱怨时对方已经不在世上，还真是残酷的事。当你看到这份记录，知道我的心时，我已经死了。

我想了很多，这就是结论。

我们再也不能回到过去的生活，再也不能牵着手，平静地对彼此微笑。

想必你也一样吧？

从那天开始，一切都改变。

不，不是这样，命运一开始就注定好了，只是我没发现而已。

我长久以来感受到的寂寞就是征兆。

对不起，请原谅我。我已经没有多余的心思去顾虑你，我只想结束这种寂寞。

我真是太自私了，你要恨我也没关系。

可是，还是请你明白。

我和你是共犯，我们之间夹着顽固、敏感、不肯透露真心的他。

只有你了解我的心情，还有我扭曲的感情和寂寞的心，就连得不到谅解的罪过也只能告诉你。

所以，我把一切处理好以后就会去找你。

"心叶学长！"

坐在窗边用笔记本电脑写小说的心叶学长睁大眼睛看着我。

我走到桌前，双手撑在桌上，上身前倾。

"请告诉我小瞳到底发生了什么事！一定跟忍成老师有关吧？因为小瞳和老师都太奇怪了！"

然后，我说出了刚刚在办公室里的事情。

包括老师执着地逼我放弃心叶学长，还有我逃命似的离开办公室的事。

心叶学长听到忍成老师一再声称"爱情是罪恶的"就皱紧了眉头，把食指点在嘴唇上思考，表情非常认真。

"请告诉我你和小瞳交往的理由，一切都是从这里开始的。"

我鼓起脸颊，大口喘气，心叶学长犹豫了一下，才以温和的语气回答："对不起，我不能说。"

"为什么？"

"因为我了解冬柴同学的心情。"

"小瞳的心情？"

心叶学长点头，眼神蒙着阴影，表情十分苦涩。

"是的，冬柴同学现在不能和你在一起，她只能拒绝你靠近，因为她渴望毁灭。"

我完全听不懂。

想起她冷眼说出"你该做的是轻视我，别再缠着我"，我的心一下子又凉了。

小瞳期望的究竟是什么？她真的不需要我了吗？

我很碍事吗？小瞳希望我看不起她，离她远一点？真的吗？

胸口隐隐作痛。

我还清楚记得小瞳三年前剪掉头发，脸色苍白得像死人一样来到学校的模样。

那个十二月底的寒冷早晨，小瞳连外套都没穿。她盯着半空的眼中充满绝望，嘴唇咬到出血。

我不想再看到小瞳那个模样！

"我是小瞳的朋友。要是小瞳有烦恼，我一定要帮助她。"

我焦躁地说。对，我不能就此退缩。

心叶学长黯淡的表情渐渐亮起来。

"我就知道你会这么说。"

他的眼神好温暖，好像很高兴。

"你会为了别人赴汤蹈火，不计较自己的得失，我很欣赏这一点。"

心叶学长的称赞和清爽的笑容，让我不禁脸颊发热，手足无措。

"怎么突然说这些啊……啊！你又想转移话题吧？不可以的！可别因为更懂得怎么应付我就太得意忘形！"

"我只是诚实。"

心叶学长以清爽柔和的眼神看着慌张的我说。如果他自己一点都没有意识到就太可怕了，简直是天生的爱情骗子。

"不，不要用那种眼神看我啦。就算心叶学长亲吻我的手背，单膝跪地，一直说甜言蜜语，我也不会妥协。我把友情看得比什么都重要，现在小瞳有麻烦，我没时间谈情说爱。"

心叶学长听得噗哧一笑，接着正色说道：

"那你就自己努力找出答案吧。去找出冬柴同学拒绝让你接近的理由，还有她真正想做的事。我必须尊重冬柴同学的意见，但我并不觉得这样对她最好。现在能告诉冬柴同学这一点的只有你了，日坂同学。"

心叶学长站起来走向书柜。

他站定脚步，抽出一本书，拿回来给我。

柔顺刘海之下的清澈眼睛笔直凝视着我。

他的眼神表达着信任，仿佛无声地鼓励我，说我一定做得到。

我用双手接过那本旧得褪色的精装书。虽然书不厚，我却觉得手上沉甸甸的。

"《心》……"

我喃喃念出书名。作者是夏目漱石。

我紧张得有点发抖。

心叶学长像是对冒险者提出建议的智者一般对我说：

"拿去看吧……这个故事里藏了冬柴同学和忍成老师的秘密。"

我在回家的电车上专注地看书，到家以后也继续坐在桌前翻书。

旧纸又干又脏，把指尖都磨粗了，但我还是不以为意地紧盯着字句。

说到漱石的作品，我在学校的课程里读过《少爷》和《我是猫》的部分章节，初中课本里也收录了《心》的几个段落，不过这是我第一次完整看他的书。

漱石的文字简洁优美，连我都能轻易看懂。我现在比初中的时候更能体会书中人物的内心纠葛，不知不觉地越看越投入，读到忘记时间。

这本书共有三章：上《老师与我》、中《父母与我》、下《老师与遗书》。

故事描述"我"这个大学生认识一位教养良好的"老师"。"我"非常仰慕他，经常去他家拜访。

不喜欢交际的老师和美丽的夫人住在一起。老师似乎有一段痛苦的过去，因此不跟别人往来，过着离群索居的生活。

老师告诉"我"，爱情是罪恶的。

"我"恳请老师说出烦恼的原因，但老师从不正面回答，只会说些难懂的话，把"我"的心挑拨得更加焦躁。

后来"我"毕业了，回到老家一段时间。正当父亲的病情恶化、情况危急时，老师寄来了一封长信。

信上写着："当你收到这封信时，我已经不在人世。"

"我"立刻去找老师，并在火车上继续读信。

老师的叔叔兼监护人侵占他的财产，因此他离开故乡，寄宿在一个寡妇和她女儿的家里。结果，老师爱上那位小姐。

和老师从小就认识的好朋友 K 在此登场。

K 被养父赶出家门，无处可去，于是老师带他回来一同生活，结果 K 也和老师一样爱上小姐。

K 告诉老师这件事，可是老师没办法坦承自己也喜欢小姐。

老师怀疑小姐比较喜欢 K，因而心生嫉妒，所以直接去请求寡妇把小姐嫁给他，寡妇也答应了。

K 得知这件事后，在自己的房里自杀。

老师虽然娶了小姐，却为 K 的事情深感罪恶，所以最后向"我"说出一切，决定寻死。

故事结束于老师的信。

我看书时忍不住把"老师"和"小姐"想成我认识的人，直冒鸡皮疙瘩。

心叶学长说这个故事里藏了小瞳和老师的秘密。

所以，小瞳是"小姐"，而忍成老师是"老师"？那自杀的櫂就是"K"？

櫂（kai）的拼音刚好是 K 开头，这多半只是巧合，但我还是浑身发冷，有如得了重感冒。

不，还不能确定事情真是如此，再说现实也不可能和小说完全一样。

忍成老师说他在三年前那件事之后就没见过小瞳，而且老师和小瞳的年纪差那么多，小瞳刚认识老师的时候还是个小学生，三年前也才初一而已。

在二十六岁的研究生眼中，初中一年级的学生根本只是个小孩。

不过，小瞳从小学就是个美少女……头发比现在长，气质成熟稳重，还被星探注意过。她在小学五年级时，也说补习班老师老是用很恶心的眼神看她，初中的时候还有大学生跟踪过她，还曾有怪叔叔跑来搭讪……啊啊，该怎么办呢？我真的觉得忍成老师就算暗恋小瞳也不奇怪！如果对象是小瞳，也不是不可能……

难道老师很嫉妒小瞳和櫂的关系，请求小瞳的妈妈把女儿嫁给他，结果櫂得知他们两人订了婚约，打击太大而自杀？

怎么想都不对劲……

我抱着头躺在床上。

想起老师在海边伏在小瞳上方，一脸焦急和她嘴唇相叠的景象，我的胸口又开始气闷。

那是一场意外。当时的举动不是接吻，而是人工呼吸。老师拼命把空气吹进小瞳体内、心急如焚的模样，怎么看都不像是别有企图。

　　可是，疑问实在太多了。

　　小瞳为什么对忍成老师视若无睹？

　　忍成老师为什么突然那么激动？

　　还有小瞳和櫂的事情……

　　"老师会来我们学校……只是巧合吗……"

　　我想起老师说出"爱情是罪恶的"时绝望扭曲的表情，被他抓过的肩膀又渐渐发冷。

第二章
少年 K

星期六，我去了位于市郊的某所大学。看着广阔学校的地图，我十分茫然。

我们的高中也算不小，但完全没办法跟眼前的这所学校相提并论，从头走到尾可能要花上二三十分钟。

我的目标是社团活动室林立的一区，因为我听说櫂的高中学长参加了这里的影像研究社。

消息来源是我的初中同学小保。小保听到我在调查三年前死掉的男学生时吓一大跳，然后神情复杂地说：

"你是说跟冬柴有关的那件事？冬柴被全班排挤时，那个高中生的消息也传得很广呢。可是，你不是一向不参与那个话题吗？你还说过绝对不要听那件事，除非冬柴主动告诉你，为什么现在又提起？"

"我也说不清楚……总之，我觉得必须搞懂那件事，才能找出小瞳的烦恼。"

小保喃喃说着"真搞不懂你"，但还是告诉我：

"我是有柏木櫂的消息啦。我姐姐和他读同一所高中，听说他是个知名的美少年，所以某些攻击冬柴的人其实是在嫉妒她。

"她还帮我联络櫂高中时的电影社学长。"

"小保，谢谢你，我改天再请你去可以吃到饱的蛋糕店。"

"不用客气啦。"

小保的表情有点落寞，她认真地说：

"冬柴只信任你一个人，从来不对其他人打开心门……一定是因为三年前发生那件事时，只有你还是用一样的态度对待她……这也没办法……如果冬柴有烦恼，只有你能帮她了，加油吧。"

"嗯。"

我还没搞清楚小瞳的真心。

但我有种预感，这些事一定和櫂的死有关，忍成老师八成也牵扯在内。

虽然我还不能断定老师、小瞳、櫂之间，像《心》一样有着三角关系……

在即将下起冰雪冷雨的铅灰色天空下，我穿着米黄色的鞋子慢慢走着，回想起只见过两次的櫂。

他有着细细软软的茶色头发，雪白的皮肤，曲线刻薄的嘴唇和冷淡的眼睛。

印象最深的，是挂在他左耳的银色耳环。

第一次见面时，他戴的是骷髅耳环；第二次见面时，则是刀形的耳环。两种都泛着冷光。

櫂长得很清秀，他跟小瞳走在一起就像王子和公主。

我看到身穿高中制服的櫂和穿着初中制服的小瞳在一起，是在初一的初夏。

那时，我在行道树长出柔嫩新枝的街道上看到小瞳和櫂手牵着手，非常惊慌。

因为他们两人迎面走来，我想躲也躲不掉，不知如何是好。这时，小瞳放开了櫂的手。

"再见，櫂。"

她说完就若无其事地跟我一起离开。

我回头发现櫂还在看我们。

"小瞳，你们不是在约会吗？把男朋友丢下不太好吧？"

"你说谁？"

"刚才那个人啊。"

"不认识。"

小瞳摆明是在装傻，脸都红透了。

"我不认识他。你少胡说了，真是个笨蛋。那个人真的是陌生人。"

"可是……你们还牵着手。"

小瞳听了更是面红耳赤，生气似的噘起嘴。

"跳舞时不也会牵手吗？"

她说着就用力握紧我的手。

小瞳的手在冒汗，热乎乎的。

她和我牵着手，紧抿嘴唇，像是生气又像害羞似的低着头，然后不悦地说："我这辈子……只会爱一个人。我才不会那么容易喜欢别人。"

像在表明心意一般，小瞳迷惘狂跳的心跳声仿佛透过手心传过来，令我跟着心跳不已，也没再开口。

第二次遇到櫂是很久之后的事，十二月。

这次櫂是单独一人，我也是一个人走回家。櫂冷得缩起肩膀站在路边，似乎在等我。

我惊讶地停下脚步，他脸色凶悍地走过来，开口便问：

"我问你……圣诞夜你要和瞳出去吗？"

他的语气僵硬，声音低沉，脸颊泛红，头垂得很低，看似心事重重。

"没有，我们还没约好要出去。"

我也回答得很紧张。

"真的吗？"

"嗯。"

"这样啊……"

他松了一口气，喃喃说着，然后害羞地丢下一句"谢谢"就跑走了。

挂在他左耳上的刀形耳环映出耀眼的光芒，我紧张心悸地目送他离去。

我心想，櫂一定打算圣诞夜时约小瞳出去。

收到邀约的又不是我，我却心乱如麻，脑袋发烫，整个人呆在原地。

隔天我问小瞳：

"你最近曾和櫂见过面吗？"

小瞳满脸通红，手足无措。

"你说什么傻话？没事干吗这样问？我不知道有谁叫这名字，听都没听过。"

她板着脸说完，转身背对我。

我从侧面偷窥，看到她的脸红得像颗柿子，彷徨地咬紧嘴唇，那表情好可爱、好迷人，令我心脏狂跳。

当时的我还不懂恋爱是什么。

不过看到小瞳这么成熟妩媚的样貌，我的胸中兴起甜美的颤动。那类似悲伤，又像焦躁，非常不可思议。

我想着，啊啊，小瞳正在恋爱呢……

櫂什么时候会去约小瞳呢？他已经开口了吗？小瞳会怎么回答？他们两人圣诞夜时要去哪里？会谈些什么话题？

我光是想象就觉得好甜蜜……

但是，小瞳没有和櫂共度圣诞夜。

因为櫂在圣诞夜到来之前就自尽了。

在漫长的思考之间，我来到社团所在的大楼。

"打扰了，我是日坂菜乃。"

写着"影像研究社"的门"喀"的一声打开，有个身穿皱巴巴衬衫、顶着一头乱发的男生走出来。

"啊，保品同学向我提过了，进来吧。"

教室里堆满各式各样的杂物，乱成一团，和文艺社有点像。他说自己姓庄司，现在读大二，是大櫂一届的学长。

"櫂在高中时参加过电影社，他是不是很喜欢电影啊？"

我一边喝着庄司学长用茶包泡的红茶，一边问道。

"嗯，是啊，櫂常常一个人逃课跑去看电影。他对电影制作很有兴趣，打工的地方好像也跟电影有关。

"他很少说话，经常面无表情，不想跟别人往来，无论做什么事都是独自一人。

"大家在社团活动室里闹翻天的时候，他总是坐在角落戴着耳机看电影DVD。有人拍他的肩膀时，他就像沾到脏东西一样拂掉，直瞪着别人。别人对他说话时他也不回答，所以大家都觉得他很嚣张。"

听着庄司学长这些话，我又想起櫂的模样。

不想跟别人往来……嗯，他确实会给人这种印象。他的身边围绕着一层冰冷寂寞的空气，跟别人之间仿佛隔着一道墙。

"该怎么说呢……我觉得他活得很辛苦。

"他长得那么好看，只要愿意的话绝对会很有人缘，可是有女生对他示好时，他只会冷淡地回答'你是谁啊'、'不认识'、'我没兴趣交女友'之类的话，因此被人称为'干冰'。还有，他从来不笑。如果跟亲密的人在一起或许会不一样，但大家一聊之下发现谁都没看过櫂的笑容，还有人说，那家伙该不会从来没笑过吧？"

不，他曾经害羞地对我说"谢谢"，也计划过在圣诞夜约小瞳出去。他也有像普通男孩的一面。

我到现在仍然不觉得櫂会自杀是由于小瞳拒绝了圣诞夜的邀约，因为小瞳也喜欢櫂，应该不会拒绝。

那櫂为什么要寻死？

庄司学长描述了櫂的死亡情况。

櫂在自己的房间里把小刀刺进胸口，家人晚上回来就发现了。

"他好像没有留下遗书。难道是没有可以交付遗书的对象吗……听说櫂是在山口县出生，初中时父母车祸过世，后来有个年轻的远房表哥收留他，所以才会来到东京。"

"年轻……表哥？"

我疑惑地问道。

"那个人当时还是个研究生。除了他以外，好像没有其他人愿意收留櫂。櫂连上学都戴着耳环，怎么讲都讲不听，有一次老师想要强迫他拿下来，他激动地推开老师，大喊'不要碰我，任何人都别想碰我'。后来，那个监护人被叫到学校。该说他比较老成吗？反正是个很沉着的人，很适合戴眼镜，感觉像个学者。"

我的心中骚动不安。

研究生？眼镜？这个人难道是……

"导师当着那个人的面对榷冷嘲热讽：'如果再不像样一点，拿下耳环，好心收留你的人也会舍弃你喔。'结果，那个人对榷说……"

庄司学长露出敬佩的表情转述那个人的话。

就算榷一直戴着耳环，我也不会舍弃他。所以，如果榷觉得有必要戴耳环，那就让他戴吧。

我很自然地把学长的声音换成忍成老师的声音。

温和低沉的声音。

"榷低下头，好像快要哭了。那个人对榷来说，一定很特别。"

"请问学长知道那个人的名字吗？"

"他叫忍成良介。"

庄司学长的回答爽快得吓到我，而且他又说出更惊人的事。

"他现在还在我们大学的研究所，我有时会见到他，但我也不敢向他打听榷的事。"

离开影像研究社以后，我直接走向忍成老师的研究室。

忍成老师就是榷的监护人兼同居人，他们两人竟然还有这层关系！

小瞳和櫂之所以认识，说不定就是通过老师。

啊啊，越来越像《心》了。

我满怀不安地敲敲研究室的门，结果老师不在。

"他很快就会回来，请在这里等一下吧。"

研究室里的大姐姐指着沙发说。

房间里的装饰显得很老旧，我心乱如麻地坐在褪成焦褐色的皮沙发上。

"对了，你和阿忍是什么关系？"

大姐姐们兴致盎然地问，我很心虚地回答：

"呃，忍成老师是我们学校的图书馆员。"

"喔喔，这么快就有高中女生找上门了，阿忍还真行。"

"不，不是那样的！我的第一志愿是这所大学，只是想来参观一下，打算请忍成老师帮忙导览……只是这样而已。"

"好好好，看你的脸都红了，真可爱。这些甜甜圈请你吃。"

她笑眯眯地端来包在餐巾纸里的甜甜圈。

"阿忍去打工时常常会带卖剩的东西回来。对了，还有布丁呢。"

老师在蛋糕店打工吗？真……真意外。

"忍成老师除了当图书馆员以外还要打工吗？"

"他说过自己很穷，又要买昂贵的书，过得很辛苦。可是，我听说他出身于乡下的老家族呢。"

"忍成老师……是怎样的人呢？"

"你果然对阿忍有兴趣。"

"不是这样的！"

不知道大姐姐们是怎么解读我面红耳赤、拼命摇手的反应，总之，她们还是坐在我身边，对我谈起老师的事。

她们说老师年纪轻轻的却很保守，也太中规中矩了，说不定其实是好人家的少爷，双亲听说已经过世。他的个性毫不执着，好像随时会从世上消失似的，而且他的心脏似乎不太好……

"老师有女朋友吗？"

"唔……似乎有人说过他有未婚妻，不过阿忍自己从来不提。"

未婚妻？

大姐姐用恶作剧般的眼神看着愕然屏息的我。

"啊，不过他的情人应该是那个孩子吧？每天送情书来的美少年。"

"美……美少年！"

怎么突然又多出个美少年？

"对了，那个美少年今天也来了！他自称是阿忍的亲戚，但我怎么看都觉得很可疑。"

她们说，那个穿制服的沉默美少年，最近十天几乎天天送信来给忍成老师。

"你看，就是那个信封。"

看到桌上那个素面的白信封，我几乎停止呼吸。

"里面是什么？"

"不知道呢，看起来鼓鼓的，好像放了什么东西……"

大姐姐们也很好奇，一直在聊那个神秘美少年的事，不过她们都不知道信封里放了什么，也不知道美少年和忍成老师的关系。

我想起了櫂。

檑也是个气质冷淡的美少年。可是，檑已经死了。

老师迟迟不回来。

我吃完不甜的甜甜圈以后，把布丁也吃得精光。

"真奇怪，阿忍到底出去干吗啊？"

大姐姐们有事要离开，所以我也决定告辞，并且向她们
道谢。

"谢谢你们请我吃甜甜圈和布丁。"

"下次再来玩吧，要问大学的事情也可以找我们啊。"

"好的，谢谢你们。"

我鞠躬致谢，然后走出研究室。

虽然我打听到檑和忍成老师的事，但疑问也增加。

那个美少年到底是谁？

还有，老师真的像漱石的《心》一样背叛了檑吗？

拜托你……不要背叛瞳同学。

我又想起老师在办公室颤声说出这句话的模样，不由得背脊
发凉……

此时，窗外赫然出现一个驼背的身影。

是老师！

我站在二楼窗边看着庭园。

老师不是单独一人，旁边还有一个穿着西装款式制服的
男生！

男生被老师的背影挡住，看不到长相。

他该不会就是送信来的人吧？

我的心跳开始加速。接着，看见那个男生纤细的手臂朝老师伸出，并且妖媚地勾住老师的脖子。

　　他踮起脚尖，倒向老师怀中。

　　咦咦咦咦咦！等……等一下……

　　我吓得心脏几乎从嘴里跳出来，直看着那个纤瘦的男生抱着静止不动的老师，还把头靠在老师的胸前。

　　他们两人好像在吵什么，那个男生不时摇头。过了一会儿，老师像是安抚似的，犹豫地抱住男生。

　　在透明的冬天阳光之中，两人的身影在树荫下合而为一，一动也不动，仿佛时间停止了一般。

　　我凝视着他们，瞪得眼珠突出，喉咙发干。

　　老师竟然是——

　　恋爱是罪恶的。

　　从书中看到的这句话，一直在心里盘旋不去。

　　可是，我对他的感觉真的是恋爱吗？会不会是其他感情？

　　我们两人一起看着一个人死去。

　　歪扭的脖子、满地的鲜血、张大的双眼，颤抖的指尖渐渐不再动弹，微弱的呼吸终至停止……我们只是静静看着那人逐渐变冷，没有开口，也没有伸出援手。

我们两人仿佛缓缓地从世界分离出去，我觉得好彷徨……眼前看到的是一片冰冻的黑暗。

　　"死了……"

　　是谁先胆怯地低声说出这句话？

　　"一起走吧。"

　　说完以后，我们握住彼此的手。

　　那是个契约。唯一能确定的，只有手心相贴的湿润温暖的触感。

　　一起走下去吧。

　　他想说的或许是这句话。

　　因为若是单独一人，就找不到活下去的理由了。

　　隔天是星期天，一声"汪汪"的狗吠声叫醒我。

　　可是，我家附近没人养狗。

　　刚睡醒的我昏沉沉地拉开鲜黄色窗帘，看到穿着紧身牛仔裤、靴子和夹克的小瞳冷眼望着我的房间。她手上握着银色狗链，体型庞大的黑狗频频吠叫。

　　我急忙换上放在床边的运动服，穿起黄色外套冲下楼，同时忙着拨开打结的乱发。

"妈妈！我要出去散步！"

我朝着厨房大叫，换上鞋子，走出玄关。

小瞳一脸不悦地站在外面，她的爱犬奥古斯特也在。

"早安，小瞳。"

我笑着打招呼。

小瞳扭头就走。

奥古斯特像是公主殿下的忠实护卫，抬头挺胸地大步走在小瞳前方。

它有短短的尾巴、下垂的大耳朵、摔跤手一般的壮硕体格，这种狗叫做罗威那，在德国经常养来当军犬或警犬。它在我们小学六年级的时候来到冬柴家，一向由小瞳负责照顾。

奥古斯特这个有模有样的名字也是小瞳取的，它的全名更长，叫做弗里德里希李奥什么魏斯什么的，像咒语一样难记。

小瞳偶尔会叫它的全名，她说要是不这样做，奥古斯特会忘记自己的名字。

我一直觉得光是叫它奥古斯特都太气派了，不过，小瞳对这种莫名其妙的事情特别坚持。

"好清爽的早晨啊，小瞳。偶尔早起也不错嘛！"

大清早的，只有便利商店和豆腐店开着门。

我们呵着白气，沿着固定的散步路线走到公园。

来到公园的喷水池前，小瞳严肃地瞪着我。

"你昨天去哪里了？"

这冷冷的声音令我心脏狂跳，冷汗直流。

"呃……我去参观大学。"

"你去找老师了吧？"

哇！被发现了！

为什么？是小保告诉她的？不对，小保没理由向小瞳告密，小瞳没事也不会联络小保。那么，她怎么会知道？

"难道是忍成老师跑去问你？"

或许是同事转告老师，然后他又来告诉小瞳……可是，小瞳一直对老师视而不见啊……

"不要多管闲事。"

她抛出来的这句话像刀刃般锐利。

"可是，忍成老师就是你的家庭教师猴子哥哥吧？"

小瞳皱起眉头，我还是继续说：

"为什么你要装作不认识老师呢？"

"这跟你无关，不要再接近老师了。"

奥古斯特"汪"了一声。

"当然有关！"

我语气强硬地回答。

小瞳盯着我，像冰块一样寒冷透明的眼睛带着绝不退让的决心。

"因为你连心叶学长都扯进来了，而且我们是好朋友，我当然不能放着你不管。"

小瞳的肩膀猛然一抖，脸孔慢慢皱起，好像在生气。

"我早就说过，你该做的是轻视我，别再缠着我。我现在最希望的就是你讨厌我。"

这句话像冰做成的小刀刺进我的心中。

心叶学长说小瞳渴望毁灭……可是，我比任何人都了解小瞳。

小瞳握着奥古斯特锁链的手指用力到发白，难以看出感情的冰冷眼睛也隐约显出迫切的神色，这些小地方我都没有忽略。

我也看得出小瞳和三年前一样痛苦。

所以，我笑着说："不可能啦，我绝对不会讨厌你。"

小瞳紧咬嘴唇瞪着我，仿佛拼命在压抑快要满溢的感情。

"我才不可能轻视你。"

初中二年级时，我被选为网球社的正式出赛选手，所以三年级的学姐开始整我，在我的运动饮料里加了盐。

结果，小瞳把整包盐洒在学姐的球鞋里。

她面无表情地说："我只是效法学姐，有什么不满的话就直说吧。"

学姐吓得什么都不敢说。

我对小瞳的行动感到很讶异，也很开心，所以，我为了小瞳抱着必胜决心去参加比赛……不过因为太卖力，结果在比赛时摔了一大跤而骨折。

结局就不提了，总之小瞳在当时为我挺身而出，所以我绝不可能轻视或讨厌她。

就算小瞳变成我的情敌，我也绝对不会讨厌她。

"小瞳，你遇到困难了吧？正在为某事烦恼吧？你初一剪短头发时，我没问过你理由，因为我想等到你自己愿意讲的时候。那时我能做的事也只有这样。"

当时，小瞳喜欢的男生死了。我对这件事实在无能为力。

就算我知道他为什么会死，也没办法让他起死回生，所以别人出自好奇心传开的谣言我都一概不理。

"可是，我想我这次帮得上忙。"

对，现在跟那时不一样。

小瞳如今正在烦恼。我一定能做些什么，让小瞳不会再像过去那样痛苦，不会又整整两个月不说一句话。

"所以，如果你不告诉我，我就自己去找出答案，自己想办法帮助你。"我振振有词地说道。

小瞳依然沉默地咬着嘴唇。奥古斯特"汪汪"地叫了两声。

"别吵，奥古斯特。"

她低声斥责，接着悲伤地垂下眼帘，低头不语。

我蹲下抱住奥古斯特的脖子。

"嘿嘿，奥古斯特也在担心小瞳呢，对吧？"

奥古斯特又吠了两声，舔起我的脸颊，似乎在回答"对啊对啊"。

我摸摸奥古斯特光亮的黑毛，语气柔和地问：

"忍成老师和櫂住在一起吧？小瞳，你和櫂交往过吗？"

小瞳紧握的链子发出清脆的声响。

"没……"

她想说"没有"吗？

我抬头一看，当场呆住。

小瞳表情僵硬、脸色发青地颤抖。

"但是圣诞夜的时候……我们本来要去看电影……櫂不应该死的……可是雪却染红了……"

声音渐渐转小。她平时极少流露感情的双眼燃烧着熊熊怒火，看得我惊疑不定。

红色的雪?

这是指鲜血把雪染红吗? 可是,櫂不是死在自己的房间里吗? 这只是比喻吗? 不过,小瞳应该不会说出这么诗意的话啊。

我非常不安,只见小瞳眼中的憎恨逐渐增强到难以抑制的程度。她的身边围绕着冰冷的空气,脸孔痛苦地扭曲,呼吸也变得紊乱。

"我绝不原谅背叛櫂的人!"

从她口中说出的这句话有如炽热的漩涡。

小瞳竟有这么激动的眼神! 竟然显露这么深恶痛绝的感情! 我好像掉进漩涡,鲜红的烈焰烧灼着我的身体,心悸到几乎无法呼吸。

小瞳恨的是老师?

因为忍成老师像《心》的那个老师一样背叛了櫂,所以她才会说"绝不原谅"?

胸口不安得像是有支灼热的箭镞来回搔刮,我的脑袋呼呼发热。

难道小瞳想对老师复仇?

小瞳表情凶狠地转过头,不再说话。

她牵着链子径自离去,仿佛表示着不需要我的帮助。

奥古斯特依然呜呜地叫着,像是在为小瞳担心。

小瞳和櫂之间究竟发生过什么事? 忍成老师多半也有关联吧?

小瞳如此憎恨的对象真的是忍成老师吗?

隔天午休时间,我一边提着便当袋在走廊上漫步,一边闷闷地想着。

小瞳决心不和我说话，一个人默默地吃着装满整个便当盒的酱卤蝗虫。

"菜乃，你和冬柴吵架了吗？要不要和我们一起吃午餐？"

同学们都注意到了，体贴地邀请我。

"没有啦，我有事找心叶学长，所以要在社团活动室吃。"

我尽量以开朗的语气回绝。

如果我和其他人一起吃午餐，小瞳就会被孤立。

或许小瞳存心营造出这种情况，但我还是要极力避免。我不希望看到她又和三年前一样不跟任何人说话，像个机器人一样规律地上学放学。

为此，我一定要找出小瞳的烦恼根源加以解决，但我满脑子都是老师和櫂的事。

在大学的庭园里和老师抱在一起的男生是谁？

《心》里面的老师爱的是小姐，不过忍成老师会不会是跟櫂交往，却又和其他男生偷偷往来，害得櫂大受打击而自杀？

所以小瞳恨老师用情不专害死了櫂，决心为他报仇？

啊！我在胡思乱想什么啊！这种情节怎么想都不可能嘛⋯⋯

"日坂同学。"

"哇！是的！"

我在中庭旁的走廊上突然被一个声音叫住，吓得跳起来。

"忍⋯⋯忍成老师！"

看到妄想剧情里的主角赫然出现在眼前，令我更加慌乱。

"对不起，突然叫住你。"

他一脸愧疚地道歉。

"听说你星期六去大学找我?"

"我我我我我什么都没看到!"

我又想起老师悲伤地抱住那个高中男生的模样,面红耳赤地急着辩解。

老师讶异地歪头。

"呃……那个……我想请教老师一些关于大学的事……不……不过没找到老师……也就是说我没有看见老师,更没看到什么奇怪的事……也就是说……"

糟糕,连我都搞不懂自己在说什么啦。

算了,勇敢一点吧!

我调整呼吸,然后开口说道:

"老师,我知道了。上次老师说'恋爱是罪恶的'是出自夏目漱石的《心》。"

老师睁大了眼睛,然后轻轻地微笑。

"日坂同学真是个文学少女。"

这笑容寂静得令我心惊,老师继续心平气和地说:

"嗯,答对了。那本小说的情节……对我而言实在太沉重。

"书中那个'老师'啊……真是窝囊,简直令人看不下去。他空有知识却不懂得好好运用,个性又很懦弱……满肚子都是丑陋的自私想法……

"他犯下严重到让他想死的罪过,却又没有勇气寻死,还是继续苟活……"

寒冬的中庭平静无风,仿佛连草木都停止呼吸进入休眠,到处都静悄悄、冷冰冰的。

老师沉静地看着这片寂寞的景色,喃喃说道:

"他早就应该去死……你不这样想吗?"

应该去死。

老师这句话就像在说自己,我听得全身冒出冷汗。

"我……我觉得自杀是不对的!《心》那个老师也不该老是不跟人往来,自己一个人胡思乱想嘛!偶尔也该出门走走,好好缓解一下情绪才对。老师也一样!绝对不能考虑自杀!"

我拼命劝说之后才发现,这样简直像是怀疑老师要自杀。

"对……对不起!我刚刚不是说忍成老师,而是《心》的老师……"

"没关系,我的确很像他。"

老师爽快地回应,令我更加焦急。

"那不是糟了吗?"

"事实就是如此啊。我、瞳同学、櫂和小说里的人物都很像。"

白皙的脸庞笼罩着黑影,镜片底下的眼睛也蒙上灰暗的寂寞。

"日坂同学……你想问我的是櫂和瞳同学的事吧?"

老师平静地揭穿我的想法,我吓得心脏都仿佛缩了起来。

他似乎不尴尬也不生气,只是静静地注视着我。

所以,我也壮起胆子:"是啊,小瞳的样子不太对劲,所以我很担心。请告诉我,三年前发生什么事?老师来我们学校当图书馆员只是巧合吗?老师说自己和小瞳和櫂都很像《心》的人物,这是什么意思?"

老师如同《心》的"老师"，只给出模糊的回答。

"跟字面上的意思一样。看到那个'老师'的愚蠢、懦弱、自私，我虽然排斥，却又很有同感。"

"所以老师喜欢小瞳，就从榷的身边抢走她？"

"你只答对一半。"

"一半？"

老师眼中的阴影越来越深。

"我们三人的关系和《心》很像，可是，只有一个地方差很多。"

"是什么？"

我的喉咙开始干渴，手心都是冷汗。

透明的阳光倾斜地注入寒冷的中庭。

老师眯起眼睛，表情无比平静而寂寥，慢慢地说："我不爱任何人……一个人都没有。这是我的罪孽，所以才害死了K。"

时间仿佛停止，世界一片寂静。

老师说的话太难懂，而且我又想到小瞳大叫着"绝不原谅"的愤怒表情，所以只能僵立不动。

"上星期五我说了很失礼的话，对不起。你一定吓到了吧？可是，我真的不希望你们又重演《心》的悲剧。"

老师静静地说完就走了。

校舍传来第五堂课的上课钟声，而我连便当都还没吃。

"老师和榷真的是……那个吗？"

放学后，我翻开夏目漱石的《心》叹着气说，心叶学长吃惊地停止敲打键盘。

"你……你会不会想得太远啦？"

他好像真的吓到了。

"可是，我越看越觉得《心》里面的 K 和老师怪怪的。他们两人太要好了吧。"

"因为他们是从小一起长大的好朋友啊。"

"他们的对话太亲密了。如果有人说 K 喜欢的不是小姐而是老师，我一定相信。"

"确实有这种说法……不过会有那种感觉，可能只是因为你用有色眼光去看吧。"

心叶学长的笑容在抽搐。

"不对，奇怪的不只是 K，连'我'也怪怪的。他在海边见到老师以后就一直缠着人家，真的很像一见钟情，而且他还偷看老师换衣服，根本是变态嘛，太猥亵了。"

"猥亵……"

"而且老师也说过啊，'你的心不是早已为爱情悸动了吗'。"

"被老师一语道破以后，'我'反驳说'那和爱情不同'，老师仍气定神闲地告诉他'爱情是循序渐进的，你只是在和异性结合之前先来找我这个同性'。"

"被出色的同性吸引是很常见的事，所以櫂也有可能像 K 和'我'一样喜欢老师啊。老师是个不爱任何人的冰山美人，说不定像《心》的'老师'无意中挑逗了少男心，害人家越陷越深、无法自拔。"

"如果事情真的发展成这样，就不是我能理解的局面了。虽然我本来就不反对男性之间的爱……但我是不是该去看《性生活史》和《假面的告白》这些书，多学一点呢？"①

我煞有介事地询问，心叶学长的手从键盘滑下，垮着肩膀无力地说："为什么你会想到那里啊？还有，你的心中已经认定《心》的老师是个玩弄少男心的水性杨花冰山美人了吗？你首先该做的是重新理解这本书。夏目漱石若是地下有知，一定会气得爬出来。而且你乱猜忍成老师和權是同性恋者，他们也太可怜了。"

心叶学长以同情的语气说着，似乎格外地感同身受。

"可是，心叶学长建议我去看《心》，就是因为權死掉的原因和K自杀的情况很像吧？"

"没错……而且忍成老师也觉得自己和《心》的'老师'很像，他也对你说过'爱情是罪恶的'……"

"忍成老师还对我说……那个'老师'早就应该去死……"

我表情凝重地说，心叶学长大吃一惊。

"他说着《心》的老师跟自己很像所以看不下去的时候，好像很痛苦、很寂寞。"

忍成老师难道也觉得自己早就该死？

觉得自己该死却又不得不活着，我光是想象这种心情就觉得胸口好痛，好想哭。

心叶学长也蹙起眉头。

"老师在中庭和男生抱在一起，小瞳说绝不原谅……这些事我全都搞不懂。会不会是老师收留了父母双亡的權，却不给他半

---

① 《性生活史》(*Vita Sexualis*) 是森鸥外的自传式小说，描述自己的性体验和同学的同性恋事件。《假面的告白》是三岛由纪夫半自传的小说，揭露自己是同性恋者。

点感情？好比说凌虐他啦……小瞳对櫂由同情转变为爱情，櫂却没办法逃离恶毒的老师……哎呀，我班上的河合同学在看的那种漫画也常有这种情节的。"

"就叫你别再提啦！"

"可是我都看到老师拥抱的画面了……我是不是踏入奇怪的境界啦？"

"你本来就很奇怪，拜托别再变得更奇怪。"

心叶学长叹着气说。

"日坂同学，我觉得你最好别想太多。"

说的也对，我的脑袋构造这么简单，能想到的理论实在不多。

"我明白了。既然如此，我今后要好好盯着忍成老师，亲自确认他是怎样的人！"

我斗志高昂地说。

"要注意拿捏分寸。"

心叶学长很担心地看着我。

"我想当短期的图书委员来老师这里帮忙，今后请老师多多指教。"

隔天放学后，我在图书馆员办公室里向忍成老师鞠躬，他听得目瞪口呆。

"呃……短期的图书委员？"

"请把我当作上门拜师的学徒，尽情使唤我吧。"

"我的工作还没多到需要找人帮忙……"

"那我来帮老师按摩肩膀吧！我的技术很好喔！而且，一看就知道老师的肩膀很僵硬。"

"不用，我心领了。"

"这样啊……那有需要的话，请随时告诉我。"

"呃……日坂同学……"

"是，老师有什么吩咐？"

"你想在这里待多久呢？"

"直到我看透老师为止。"

我认真地回答，老师无奈地把手贴在额头。

"老师头晕吗？那就糟了，请先躺下来吧。"

"我没关系……我早就听瞳同学说过很多你的事，没想到竟然这么夸张……"

他喃喃说道。

"小瞳对老师提过我？"

老师的表情缓和下来，似乎很怀念。

"是啊。听说你为了帮脚受伤的猫包扎而追着它到处跑，甚至爬上人家的屋顶，结果被警察带走。"

"啊……"

"你陪着问路的老人家走到邻镇，自己却迷路了，最后被警车送回家。"

"呃……"

"你扮演超级英雄给邻居的幼儿园小孩看，结果在表演变身姿势的时候摔下单杠而扭伤。"

"呜……"

"后来你还是没学乖，又把小孩找来公园观赏英雄秀，这一次你头下脚上地跌下溜滑梯，头都撞破了。"

"又不是我把他们找来的！是他们自己要来！还一脸期待地看着我……"

我面红耳赤地辩解。小瞳干吗只提我的糗事啊！

老师微笑着说："因为听过你这些英勇事迹，我后来一见到你就想：啊啊，她就是'那位'呢……"

难怪我在小瞳家第一次见到他时，他对我笑得那么灿烂……

我还以为他是个亲切的叔叔……不，是哥哥。

原来他不是亲切地对我微笑，而是在强忍笑意。

我害羞极了，老师又轻声地说：

"我很羡慕呢，因为你能这么坦率地为别人着想。"

"咦？"

"我真的很羡慕你，觉得你好耀眼。"

我不爱任何人……一个人都没有。

想到老师那句话，我的心又凉了。

为什么老师能这么平静地说出"不爱任何人"这种悲伤的话呢？

"老师，你讨厌人类吗？"

"是啊。"

他小声回答。

"如果问我喜欢人还是猴子，我一定选猴子。与其和人在一起，我宁可去森林里和猴子相处……我一直是这么想的。"

"那样不寂寞吗？"

"为什么呢？"

老师立刻反问，我不禁愣住。

"因……因为猴子不会说话啊。"

"只要能沟通就不寂寞了吗？"

老师的眼睛如水一般清澈。

"不管再怎么沟通，也不会变得和别人一样……只会更加看清自己和别人不同罢了……人终究是孤独的，不可能互相体谅。即使想要互相理解、互相体谅，到头来也只能自私地活下去……"

悲哀的神色在老师的眼中摇曳。

老师轻柔的声音继续说：

"所以我觉得跟人在一起才寂寞……非常寂寞。"

我听得心都揪起来了。

"可……可是也有互相了解的人，觉得跟某某在一起才是最幸福的……"

"是啊……"

老师低头推推眼镜。

"的确……有这种人。"

老师的声音颤抖，似乎乱了方寸，低俯的脸颊显得有些僵硬。

"由衷互相信任的美好人们，头上就会有雪花飘降……可是雪不会落在我身上，所以……我就去阻挡雪花飘向别人。"

我发现老师的呼吸越来越沉重，也因听到"雪"这个字而大受震撼。

小瞳也说过"染红的雪"！

那时，她眼中的怒火熊熊燃烧，愤恨到全身颤抖，说出"绝不原谅"。

"我把自己放在第一位，因自私而占有，又因自私而舍弃。"

"老师，你说的雪……"

我突然吓得说不出话。

老师按着胸口跪倒在地，额头满是汗水，脸色像纸一样苍白！

"老师！你怎么了？"

"我……我没事……只是偶尔会不太舒服，习惯就好。药……在口袋……"

"药？"

老师讲得很小声，我听不太清楚。

我毫不迟疑地伸手去掏老师的上衣口袋，指尖摸到又冷又硬的东西。

找到了！

掏出来的是一个小瓶子，我急忙打开，将药倒在老师的口中。

我的动作稍嫌粗暴，喂老师吃药的时候差点把整个瓶子塞进去。

老师的眼镜落在地上，他痛苦地紧闭双眼，喉部不断起伏。

"我立刻叫救护车！"

我拿出手机正要拨号，却被一只汗湿的手制止。

"已经没关系了。"

"可是……"

"我真的没事。"

老师的脸色还是很差，但他似乎不肯叫人来。

"如果把事情闹大，我就没办法在学校待下去。我现在还不打算辞职。"

抓着我的那只手冷得像冰，纤细的手指握得更用力。

还不打算辞职是什么意思？老师打算在这里做什么？

基于老师的坚持，我没有继续拨号码。

"谢谢你，日坂同学，还好有你在。"

老师捡起眼镜戴上。

"真的没事了吗？"

我还是很担心，老师静静地笑着说：

"是啊，我不是说了吗？我已经习惯这种毛病。这次是因为来得太突然，才会让你看到这副模样。我今天还是早点回去休息吧。"

"这样最好！对了，老师是哪里不舒服呢？"

"心脏吧。"

"心脏！"

我瞪大眼睛。

"只是一点小毛病，日常生活没有问题，只要别太勉强自己就好。你不用吓成这样啦。"

他温和地说。

"对……对不起……可是，呃……我还是不放心，我送老师回去吧！"

忍成老师一再婉拒，说他又不是体弱多病的大小姐，但我还是不肯让步，直说"要是半途又发作就麻烦了"。

我亲眼目睹老师那么痛苦的模样，怎么可能不担心？

"老师是体弱多病的叔叔，请乖乖听话吧，要不然我就叫救护车了。"

我拿出手机威胁他。

"真是拗不过你……"

老师苦笑着。

"对了，日坂同学，你知道瞳同学为什么考上私立学校却来读公立初中吗？"

他依然一脸难受地冒汗，却突然提起这件事，令我摸不着头绪。

"小瞳说公立学校离她家比较近，读私立学校要花一个半小时上下学，实在太蠢了。"

"瞳同学不会因为这点小事就放弃名门私立学校吧？"

"咦？"

"下次你自己问问瞳同学吧。"

他微笑着说。

老师住在一栋旧公寓。

这里只有两层楼，上下各有三个房间，二楼东南角落的房门口挂"忍成"的牌子。屋子静静立在昏暗里，和老师的气质有点像。

"房间的采光好像不错。"

"这是房东的特权。"

"老师是房东？"

"这是过世亲戚留给我的，不过乡下的老家已经卖掉……这房子住起来很舒适，我的学生时代都是在这里度过的……不过，我就快搬走了。"

"老师准备搬家吗？"

"有这样的打算。"

空间比想象的大，屋内没有多余的家具，看起来很清爽。书堆满了各个角落，到处都是书山。

这时，我注意到窗边的书桌。

看到桌上的几个白信封，我倒吸一口气。那个信封和我在大学看到的一样！信封旁边则散乱放着几个闪亮亮的银色饰品。

那是耳环吗？

我的心脏突然一阵抽痛。

"怎么了？"

"老……老师，这些耳环是你的吗？"

我尽量用寻常的语气询问，但满脑子都在想榷总是戴着耳环，以及老师为此被叫到学校的事。

"那是……人家送的。"

老师眼神黯淡地回答。

"男生送的吗？呃……没有啦，是女生送的也没关系……"

"是男生。有个亲戚家的孩子很喜欢自己做首饰，所以送一些给我。"

"是……是这样啊……"

"不过，这种设计还真不适合我这种大叔。"

"哈哈，对啊……不对，老师还不算大叔啦……"

我越来越慌张，赶紧转移话题。

"呃，可以借一下洗手间吗？"

"就在门外。"

"谢谢。"

亲戚家的孩子……会不会是在中庭和老师相拥的男生？老师

除了欘以外还有其他表弟吗？是那个人把自制耳环装在信封里送来给老师的？

我一边沉思一边走进洗手间，看到洗脸台。

咦……

好像哪里怪怪的，我凑近洗脸台仔细看。

怎么回事呢？好像看不到某个该有的东西……

我摸摸墙壁，突然惊觉——对了！没有镜子！

水龙头上方只有空荡荡的白色墙壁，定睛一看还有四个小洞，把四点连起来刚好是镜子的尺寸。

照这样来看，这边原本应该有一面镜子。

"老师，洗脸台上的镜子破了吗？"

我回房间以后问道。

"是我自己拆掉的。"

老师的眼神依然黯淡。

"咦？为什么？"

"因为不需要。"

"咦？咦？如果要梳头、刮胡子，或是有脏东西飞进眼睛里，没有镜子不是很不方便吗？"

"我已经习惯了，这样总比每天早晚都得看自己的脸好。"

老师稍微皱眉，那是厌恶的表情……他这么讨厌自己的长相吗？

"我觉得老师长得很好看啊，既斯文又温柔。"

老师温和地眯起眼睛。

"谢谢你。"

他端出绿茶和甜甜圈招待我。

"我在老师的研究室里也曾吃到这种甜甜圈，味道不太甜，感觉很健康。老师在蛋糕店打工吗？"

倒入杯中的茶水发出细微的声音，老师一边倒茶一边说：

"是啊，为了赚钱买书。"

"可是，老师的身体这么不好还要兼职，真的没问题吗？"

老师静静地微笑。

"我比谁都了解自己的身体状况，不会太逞强。"

真的假的……这种人更容易逞强吧？真叫人担心。

在这个没有多少家具的安静房间里和老师一起喝茶，令我想到《心》的老师。

"老师总是这么沉静，有时甚至沉静到显得孤独。"

"我一开始觉得老师有种难以接近的奇妙特质，可是不知怎的，我反而更想接近他。"

忍成老师太沉静了。像个难解的谜，令人移不开视线。

如果不尽全力睁大眼睛，竖耳倾听，好像就会忽略最关键的反应。

但在我小学时，他提起"Bonobono"明明是那么开朗，那么有活力……

我吃完不甜的甜甜圈，喝完绿茶还是不想离开，就说："我来做晚饭吧。"

"日坂同学，你不用这么费心啦。"

"没关系，我是短期图书委员，也是老师的助手嘛。"

我爽朗地说完便走向厨房。

心脏不好的人该吃些什么呢……如果是感冒就该吃稀饭……唔……

打开冰箱一看，里面有鸡蛋、蔬菜和腌梅干。

嗯，还是煮稀饭吧。

我找出陶锅，开始淘米，突然觉得背后太安静，忍不住回头看看。

坐垫一角，老师的确还在那里。

这栋房子太安静了，感觉不到半点生气。一般公寓里不是多少会听到隔壁或楼下的声音吗？

但是，我什么都没听到。

仿佛所有的声音都被褪色的水泥墙吸收，剩下的唯有寂静。

老师说他从学生时代就一直住在这里，所以權应该也是在这房子和他一同生活。

而且，也是在这里的某个房间拿刀刺进胸口死去……

想到这里，我的背脊都发凉。

不过我很爱看恐怖电影，早就习惯了。如果權的亡魂仍然留在这间屋子，我还真希望他现身。

这样我就能问他，为什么他和小瞳约好圣诞夜一起去看电影，却在圣诞夜前自杀。

我绝不原谅背叛權的人！

小瞳是那样愤怒地大喊。

她瘦小的肩膀气得发抖，说權不应该死。

为什么小瞳那么满怀恨意、念念不忘？我又该怎么治疗小瞳的心？真希望櫂能告诉我。

我满脑子都在想这些事。

所以，当玄关传来开门的声音，我还以为櫂的亡魂真的听到我的呼唤而现身。

我吓了一跳，菜刀都没放下就急急忙忙地冲到门口。

我还来不及开门，门就先发出嘎嘎的声音被打开。

櫂……

"呀！"

惨叫声响起。

站在门外的不是櫂，而是穿着豪华毛领外套的女人。

"你想干吗啊？"

那个女人的眼睛周围擦了闪亮的眼影或眼线，浓密的睫毛又长又拳。她瞪着我，一对上扬的眉毛挑得更高。

"你没事拿把菜刀对着别人到底想干吗啊？咦？你是初中生？"

我想反驳自己是高中生，但是那个女人滔滔不绝，我根本没机会插嘴。

"啊啊啊啊啊啊！真讨厌！那个笨蛋的恋童癖到底严重到什么地步？竟然连胸部平得像去年还在读小学的女生都带回家！

"大家都被他那副好好先生的超龄长相骗啦！我等了他这么久，没想到他竟然想和没脑子的初中女生手牵手私奔？真是烂透了！"

"不好意思，你好像有很大的误会。我穿的不是初中制服，而是高中制服，而且我也不打算和老师私奔。"

我放下菜刀，试图澄清。

"咦，初中生干吗穿高中制服？不管你穿什么衣服，他染指十四岁以下的小孩就是犯法！"

"呃，我已经十六岁了……"

那个女人根本没在听。

"我告诉你，良介可是有货真价实的恋童癖喔，你再过一两年就会被甩掉。那家伙小心翼翼地收藏着一个海豚发饰，每天晚上捧在胸前摸个不停，是个大变态！没有生存价值的人渣！骗子！罪犯！"

"听我说呀！"

我大声阻止那个女人说下去。

"干吗？你有什么不满吗？"

"有啊。"

"啊？"

"就算老师是变态、骗子、罪犯，说人家没有生存价值也太过分了。而且老师是不是变态、骗子、罪犯，我自己会判断。"

女人气得浑身发抖。

"你这只贼老鼠，竟然这么嚣张！"

"一般不是都说贼猫（狐狸精）吗？"

"猫咪高贵又可爱，而且我喜欢猫嘛！像你这种还没发育完全的头脑简单初中生，用老鼠或黄金鼠来形容就够了！"

太过分了……我长这么大还是第一次被人家骂贼老鼠。

我哑然无语时，老师的声音从后方传来。

"对不起，珠子小姐，我今天身体不舒服，可以请你先回去吗？如果让你不高兴的话，我改天再找时间听你说。"

名叫珠子的女人很不甘愿，仍然执拗地瞪着老师。

"珠子小姐，拜托你。"

老师静静地低头。

"我一句话都不想对你说！你这种人最好去热带雨林，一辈子追着猴子的屁股跑吧！干脆跟猴子结婚好了！笨蛋！"

她用艳丽的红色漆皮高跟鞋踹开大门离开，玫瑰香水的浓烈味道残留不去。

"刚才那个人是谁啊？"

"她是我的未婚妻。"

老师平淡地回答。

"未婚妻！"

听到这种只会出现在古典小说的词汇，我不禁目瞪口呆。对了，老师的同事好像也说过他出身于乡下的老家族，还有个未婚妻……

"珠子小姐是我父亲那边的亲戚，我双亲过世时，叔叔就决定让我跟她结婚。"

"老师的双亲是什么时候过世的？"

"是在我高一的时候。因为发生车祸，两个人都走了。"

"老师高一就跟刚才那个女人订婚？"

"是的。"

真是我无法理解的世界……

"可是，我不打算和珠子小姐共组家庭。珠子小姐曾和几个男性交往过，可是进展得不太顺利，所以她开始认真考虑和我结婚，一再催我说已经拖了很久，差不多该办婚事了吧。"

"唉……老师真是辛苦。"

"如果她肯死心就好了……珠子小姐和我同年，明年就满三十岁了，她现在一定非常着急。我想她多半会再来吧……因为她的个性很不服输。"老师烦恼地说。

我有一件事不知该不该问，犹豫不决地开口："老师有恋童癖吗？"

"什么……"

忍成老师的眼镜滑落。

"呃，怎么会这样问……"

"就算她心怀恶意地诽谤老师是骗子、罪犯，我都可以不管。不过恋童癖这点……真的让人很介意。而且她说得很真实，像是每晚都拿着海豚发饰'舔'个不停……"

"我才没有舔！"

老师焦急地大叫，然后推推眼镜，红着脸转移视线。

"我……的确有个海豚发饰……"

"真的吗？老师有海豚发饰？小孩戴的那种？"

"……那是我妹妹的遗物。"

"咦？"

老师神情凝重地站起身，走到隔壁房间打开衣柜最上层，拿出某样东西。

他把那样东西拿过来给我看。

只见白皙优雅的手掌上放着一个用浅蓝色手帕包起来的海豚发夹。满满的七彩水晶玻璃围绕着一条大海豚，后面附着银色的夹子。

这个发夹戴在成熟女人头上的确幼稚得吓人，不过小孩子戴起来一定很可爱。

老师也给我看了他妹妹的照片。

穿着幼儿园制服的女孩和高中时代的老师牵着手，笑得很开心。还没长到肩膀的短发是栗色，感觉很清爽柔顺。

老师也比现在年轻许多。他那时已戴上眼镜，一脸聪明，挂着微笑。那不是我经常看到的寂寞笑容，是幸福又满足的笑容。

"老师的妹妹好可爱喔，几岁啦？"

我刚说完立刻发觉自己说错话。

刚才老师提到这是妹妹的遗物，所以他妹妹已经……

"对不起，我太多嘴了。"

老师慢慢转向一旁，落寞地笑着。

"没关系。这是我妹妹四岁时的照片，在我父母过世前不久拍的，妹妹隔年也……"

话还没说完，老师就难过地低头垂下视线，他咬紧牙关、肩膀颤抖，清楚地表现出失去妹妹的痛苦。

年仅五岁的妹妹为什么会死呢？因为生病吗？还是意外？

不管理由是什么，老师一定都很难受。

"这个发饰是老师的宝物吧？"

"是的。"

老师看看手中的发饰，又眺望远方。

"只要看着这个东西……我就会想起妹妹。像是她戴着这个发饰，用清澈的声音唱歌……还有她的头发飘扬，笑得很幸福、很愉快的模样……"

明亮温暖的感情像彩虹一般浮现在老师的眼底。

啊啊，老师现在的表情好温柔。

他一定想起妹妹了。

老师以前说过，小瞳就像他的妹妹。

或许他是在小瞳身上看到已故妹妹的影子吧。这么说来，老师更不可能会做出伤害小瞳的事。

每次想到小瞳那句"绝不原谅"，我就觉得心好痛，胸口郁闷得喘不过气。

为什么小瞳会那么恨老师呢？

老师、櫂和小瞳之间究竟有怎样的悲哀和伤痛？

老师盯着海豚，表情越来越黯淡。

像是抱紧重要的事物一样，他轻轻握起手中的海豚，然后用浅蓝色手帕重新包好，将发夹放回原本的地方。

寂寞的空气紧贴着全身皮肤，我为了转换气氛而充满朝气地说："饭还没煮好呢，我要继续忙了。今晚的菜单是特制稀饭喔！"

回去煮饭以后，我心中还是千头万绪，结果把特制稀饭煮坏了。

我把冰箱里的食材全都切碎拿来煮，材料的分量远超过米，变成了鸡蛋蔬菜培根等食材的奇怪大杂烩。

"呜……我真的很会煮稀饭啦，只是稍微失去节制……"

"看来可以摄取充分的营养呢。"

老师把我端出来的粥状物，吃得连一点也不剩。

"感谢招待，很好吃喔。"

"不会啦，是我要道歉才对，竟然拿这么莫名其妙的东西给老师吃。我会去跟小瞳说，老师是个好人。"

"最好不要。"

老师的脸色又沉下来。

他不但皱眉，连脸色都发青，像是很不舒服，口中发出的也是痛苦的低语。

"因为……我在瞳同学的眼中……不是个好老师。"

他的表情像是后悔或绝望，但是没有感情的起伏，而是很沉静的寂寞。

我看得胸中发凉，声音卡在喉咙中出不来，觉得好难过。

老师低垂的视线看向我，以温柔得近乎悲伤的表情询问：

"瞳同学最近过得怎样？"

我说不出她可能想报复老师，所以敷衍地回答：

"她过得很好啊，吃便当时也吃得津津有味。"

他听了眯起眼睛，露出温暖的笑容。

"太好了，希望瞳同学可以代替櫂过得幸福。"

他们三人之间到底发生过什么事……

老师明明这么帮小瞳着想，却又难过地说他在小瞳眼中不是个好老师……

他到底做了什么？

究竟是犯下多严重的过错，使得他如此后悔？

胸口好痛。

"老师，你不要太勉强自己喔。"

我说完就离开公寓。

走在冰凉的夜里，想着老师说起妹妹、小瞳和櫂时哀伤的表情，又感到孤寂。

寒冷和寂寞还挺像的。

在路灯的微弱光芒中，我无意识地喃喃念起《心》的老师对

"我"说过的话。

　　我是个寂寞的人，而你或许也是寂寞的人。

　　我们两人在一起的时候很少说话。
　　有一次我比较晚回家，看到他抱膝坐在没开灯的房间里呆呆地想事情。
　　射进窗口的月光照在他的脸上，感觉好神秘、好孤独。
　　我们没有商量过谁负责煮饭，不过总是会有一个人主动走进厨房，另一人就静静地坐着等待。
　　两人隔着餐桌默默吃饭，我却不觉得难堪，他也吃得很安静……这种时候我总是觉得我们很相像。
　　我们都很早就失去家人，也不轻易相信他人。
　　人类是丑陋的。
　　自私自利，为了欲望不惜背叛别人。
　　所以，我们对这世上的一切人、事物都不抱期待。
　　仿佛跟镜中的自己一起过活……他和我，是这世上绝无仅有的两个人。

　　直到我遇上了你。

第三章
那一天，雪染上红色

《心》就像不甜的甜甜圈……是很寂寞的味道。中间空空的地方是重点，吃着吃着突然就没了，有如落入寒冷的深渊，让人不知所措……"

放学后。

黄昏时，我屈膝坐在铁管椅上，下巴靠着膝盖。

"忍成老师好像喜欢同性……还有幼女和大姐姐……"

心叶学长刚开门就听到我脸色阴沉地说出这句话，吓得非同小可。

"日……日坂同学，你不应该这样擅自乱猜吧……还有，这些甜甜圈是哪来的？你自己做的吗？"

他看着堆满在餐巾纸上的甜甜圈问道。

"这是我昨天从老师家带回来的，好像是老师打工的蛋糕店卖剩的。心叶学长也一起吃吧。"

"谢……谢谢……"

他在我对面坐下，郁闷地吃起甜甜圈。

"不会很甜嘛。"

"是啊，味道有点像夏目漱石。"

"这个味道……我好像在家里吃过……和我妈做的甜甜圈很像。"

心叶学长沉思着说。

"如果心叶学长喜欢，就多吃一点吧。"

说完以后，我心情沉重地提起：

"老师昨天告诉我很多事。"

比如他比较想和猴子在一起，妹妹已经过世，未婚妻突然跑来大吼大叫、桌上摆着耳环……我把自己看到的、听到的、感觉到的事都告诉心叶学长。

老师今天早退了。

今天早上班会课开始之前，我去图书馆看看老师的情况，发现他气色不错，感觉松一口气。结果，放学后到图书馆却听说他有事先走了。

还好不是因为身体不舒服，但我仍有点担心。

心叶学长甜甜圈吃到一半突然停止不动，专心倾听，好像在想什么事。

我一边向心叶学长叙述这些事时，一边也在整理自己的心情，努力地传达出自己现在的想法。

"老师是个寂寞的人，但我不觉得老师会为了自己去伤害别人。"

说出这句话不是因为我"希望"这是事实，而是昨天听到老师说那些话，看到老师的眼神，深深体会到了他的后悔和痛苦。

"小瞳真的该恨老师吗？我一点都不了解櫂和老师，或许我的想象不正确，但我不想否认自己体会到的感觉。"

我把脸靠在膝上，消沉地说。

虽然觉得自己该做些什么，却又没办法向前迈进。

我根本是在对心叶学长抱怨嘛，真没用……正在难过时，心叶学长望着我的眼神却变得像春天的阳光一样和煦。

咦？心叶学长为什么笑了？

我满心疑惑地看着心叶学长，他流露出澄澈温柔的目光说：

"原来你的心情是这样的。"

他的声音像呼吸般轻柔，又像是自言自语。

"咦……什么意思……"

他看到我慌张起来，便露出戏谑的表情。

"只是突然发现，看着令人担心的学妹逐渐成长原来是这么愉快的事。"

那灿烂的笑容让我的心脏快要跳出来。

心叶学长笑得很开心。

奇怪？我的心情刚刚不是还很低潮、很黯淡吗……但此刻突然觉得视野豁然开朗，心情也轻松许多。

心叶学长摸摸我的头。

"你就照自己所想的放手去做吧。如果你能够正视对方，从对方的立场去想象、思考，一定能找到真相。"

好温暖的手。

力量从心叶学长的手上传来。

我心跳不已，情绪亢奋地回答："好!"

仔细想想，心叶学长还是第一次叫我"照自己所想的放手去做"呢，以前他说的都是"不要多管闲事"或"拜托你安分一点"。

得到心叶学长的支持以后，我意气风发地在暮色之中走向老师的公寓。

如果老师的身体又不舒服，这次我一定要为他煮出清淡美味的鸡蛋粥。我也要再次问他耳环和信封的事，还要不经意地提起在中庭和他拥抱的男生。

天空开始降雨，冷风吹得皮肤刺痛。沉重的灰色空气笼罩着天空、房子和我。

手上的鲜黄色雨伞滴滴答答地弹开雨水，我呵着白气走到转角，不小心和一个撑着红黑花伞的女人撞个正着。

"喂，你走路不长眼睛啊！"

"对、对不起……咦？"

"哎呀！"

女人挑起眉毛。

那是老师的未婚妻珠子小姐，她今天也化了浓妆，穿着豪华的皮外套。

她好像还记得我，眼神突然变得很凶恶。

"你是昨天去良介家的贼老鼠初中生吧？干吗？你真以为自己是人家的离居老婆啊？我已经亲切地提醒过你了，良介有恋童癖，你们是不会长久的。"

"我是十六岁的高中生，不是老师的离居老婆，而是老师之前家教学生小瞳的朋友……"

"瞳？"

珠子小姐的眉毛一抖。

"是和櫂在一起、长得像洋娃娃的那个臭屁丫头？"

"你认识小瞳？"

我吃惊地问道，珠子小姐皱起脸回答：

"我怎么可能忘记，她第一次见到我就找我麻烦呢。有一次我去良介家，櫂和那个叫瞳的女生都在，她却连招呼都不打，直接冲过来大吼：'櫂会永远待在这个家！不管是你还是别人都不能赶他走！因为櫂是这个家的孩子！'并当着我的面甩上门，锁上门链。"

小瞳做过那种事？

确实很像她的风格。

小瞳乍看之下很冷淡，却会为重要的人两肋插刀。

"我的确常常对櫂说，等到我和良介结婚他就得搬出去，不过那丫头的态度也太差了吧？只不过长得漂亮一点，对长辈就这么没大没小。"

珠子小姐气得发抖。

我突然想到一件事。

"对了，告诉你一件重要的消息。老师没有恋童癖，那个海豚发夹是他妹妹的遗物。"

珠子小姐听了却伸手按住我的鼻子。

"我早就知道，说那些话只是在耍你。"

她哼了一声，掉头就走。

鞋跟极细的高跟鞋很容易滑倒，不适合在雨天穿，但她碰到积水仍然不以为意地大步跨过去。

我也跟了上去。

"不好意思，我有些事想请教一下老师的未婚妻……櫂和老师有暧昧关系吗？"

高跟鞋突然一滑。

"你……你在胡扯什么啊！"

"不是的，因为他们好像很亲密，我想说不定有这种情况……只是当作参考。"

"亲密？他们的关系才没有这么温馨。"

珠子小姐又撇过头，表情显得很僵硬。

"那是病态……櫂太依赖良介了，良介也绝不会骂他或限制他，那种关系……太不健康。家里如果只有一个人有病，我还勉强应付得来，两个人就实在太夸张，我根本照顾不过来，也不想和他们一起住，否则连我都要跟着生病了。"

病态？有病？

这些强烈的措辞让我听得万分惊恐。珠子小姐觉得那两人的关系这么糟糕吗？

"老师是不是想和櫂争夺小瞳呢？"

"不可能。"

她回答得斩钉截铁，像是觉得这问题太愚蠢，根本不值得思考的肯定语气。

"好了，别说这些，不如帮我介绍些好对象吧。"

伞上的水滴飞溅，她转向我，脸贴了过来。

听到话题突然转到这里，我不禁愕然地"啊"了一声。

珠子小姐的表情变得很认真。

"你有没有认识的医生、机长、大公司董事长或是单身又有钱的帅哥啊？只符合一个条件也好。"

"呃……倒是有一个，那个人的家里有擦得亮晶晶的奔驰，又有司机，还有很大的别墅和漂亮的画室，单身又有钱，外表也很抢眼。"

　　我边说边想着画室的女主人。在我认识的人之中，最有钱的铁定是她。不过，麻贵学姐是单身吗？听说她刚生了小宝宝，应该有老公吧？

　　珠子小姐的兴致都来了，积极地问："哇！别墅！好棒喔。年纪呢？"

　　"是大学生，应该比珠子小姐还小吧。"

　　"没关系，我在比较低的年龄层也很受欢迎。你的手机借我一下。"

　　她在我的手机里输入自己的电话号码。

　　"嘿嘿，联谊就订在这个月吧，麻烦你了。"

　　她发出窃笑，一厢情愿地如此决定。

　　"与其和那种死气沉沉的男人在一起，还不如去找个有钱的帅哥。我早就叫良介拆了那栋破房子，把地卖了换成现金，他却一直当个穷小子。算了，我不要这种男人，我的梦想可是当个贵妇。"

　　珠子小姐酒醉似的说得飘飘然。

　　"既然如此，你不是不需要再去老师家了吗？"

　　她听了不高兴地转过头来。

　　"我忘记提醒他亲戚家要办七周年法会，不过，我看他多半不会去。你找良介又有什么事？"

　　她质问我说。

　　"我是去探望老师。老师的心脏似乎不太好，我很担心。"

　　"心脏？"

　　珠子小姐一脸诧异。

"喔喔，你说他的症状啊，那是……"

她说到一半突然打住，睁大眼睛。

怎么？她为什么这么惊讶？

我顺着她的视线回头一看。

细如银线的雨中，老旧公寓的二楼。

老师位于东南角落的房门前，有两个人像黑白电影里的情侣般抱在一起。

一个是忍成老师，另一个是穿着制服和连帽长外套的男生！

他把脸靠在忍成老师的怀中，紧紧贴住。

老师也一脸哀伤地低着头，轻轻搭着那男生的肩膀，好像在安慰他。两人的脚边躺着一把深蓝色的雨伞。

这是……

我的头都昏了。

老师果然是那种人？他的情人来找他吗？

此时，珠子小姐喘着气说：

"怎么可能……难道……是櫂？"

櫂！

珠子小姐的脸都绿了。她双手紧握伞柄，凝视着靠在忍成老师胸前的男生。

那个男生是櫂？櫂不是自杀身亡了吗？

我惊讶得心脏都快跳出来，同时看到那个男生踮起脚尖，把脸凑近老师，咬住他的耳朵！

我越来越目瞪口呆，珠子小姐也看得睁大眼睛，前倾身体。

男生随即把右手上的小刀挥向老师!

充满浪漫情怀的雨中爱情画面突然变成血腥的伤害事件,我忍不住大喊:"老师!"

举起小刀的男生吓得肩膀一抖,没拿伞就跑下楼。

老师的脖子滴着鲜血,用冰冷灰暗的眼神看着男生跑走。

"真……真的是瞿……"

珠子小姐抓着我不停发抖。

可是,那个消失于阴暗雨中的男生跑下楼时,我清楚地看见他的长相。

那个男生……

不,不对。

那个女生咬着嘴唇,眼中迸发寒光,是我很熟悉的人。

是小瞳。

第一次见面时,你对我充满敌意。

你的眼神像冰一样冷漠而锐利。

你显然把我当成令人不快的阻碍。不只是眼神,你的言语和态度都毫不掩饰这一点。

可能就是因为这样,我才会对你产生共鸣。

因为我也觉得你很碍事。

你扰乱了我的心，我曾经希望像你这样的女生尽量离我的生活远一点。

我们同样憎恨彼此，强烈地渴望同一个目标，不肯退让。

所以，我们才会走在一起。

如果我对他的感情不是爱情，那我对你的感情又是什么？

你知道他有秘密吗？

他小心翼翼地藏着一个秘密。

他最害怕的就是这个秘密曝光。

所以他很痛苦，很寂寞。

你知道吗？

在逐渐增强的雨势中，我跑向小瞳家。

当我和珠子小姐冲过去时，老师依然看着男孩跑走的方向。

他的脖子在流血，被咬伤的右耳有瘀青的齿痕，颜色鲜明得令人心惊。

"只是皮肉伤，不要紧，没有很严重。"

老师用手抹掉鲜血，淡淡地说。

发抖的珠子小姐问他刚刚那个人是谁，他只是静静地微笑回答"谁都不是"。

"别闹了！那你要怎么解释这个伤？"

"喔，大概是闹鬼吧。"

他的语气实在太沉静，珠子小姐的脸颊抽搐说不出话，只能发出"呃"、"啊"之类的呻吟。

那不是鬼，是小瞳。

我满腹狐疑地离开老师的公寓。

小瞳为什么穿着男生制服？为什么要攻击老师？

在大学中庭和老师相拥的也是小瞳吗？

冷雨拍打在我的脸上。

老师一定知道割伤他的人是小瞳，为什么假装不知道？

他想保护小瞳吗？小瞳为什么会变成那样？

我一脚踩进水洼，袜子都湿透了，感觉很不舒服，外套也湿得像是浸过水。打电话给小瞳没人接，我好担心她，情不自禁地加快脚步。

小瞳家是巨大的欧式建筑，四周环绕着高墙。

我按了门铃，没有任何回应。

小瞳的父母各有工作，经常不在家。

我一次又一次地按门铃。

小瞳没有回家吗？

门后传来奥古斯特"呜呜"的悲伤号叫。

一种不祥的预感刺痛了皮肤，我直接开门走了进去。

奥古斯特细微的叫声混在雨声里。那不是抵抗外人入侵的凶猛叫声，而是几乎听不见的微弱声音。

我屏息快步前进。

长满草木的院子一片昏暗，有个纤细的人影站在那里。

白色的长外套、贴在脸颊和耳朵上的濡湿短发、僵硬的脸庞，还有盯着半空中的冰冷眼神……

我像被当头淋了一盆冷水，全身热度顿时退去。

小瞳伫立在猛烈的大雨中，没有撑伞。

她的头发、制服、外套都被雨水冲得湿淋淋的，奥古斯特咬着小瞳的裤管，想把她拉进屋内。

但小瞳分毫不动，只是用严肃的眼神望着半空。

那表情和三年前櫂死掉以后，她完全不和班上同学说话的时候一样。我感到一股寒意从脚底冒上来。

"小瞳！"

我踩着又湿又滑的草皮跑到小瞳身边，撑起伞说：

"先回屋子里吧！"

"我不想进去，别管我。"

小瞳用蕴含怒气的低沉语调回答，我的声音也急了。

"我怎么可能不管你！小瞳，你穿上男生制服，对老师做出那种事，到底想干什么？"

小瞳厌烦地推开我撑着伞的手，坚决地说：

"我要做櫂想做的事，因为'我就是櫂'。"

我又感到悚然心惊。

小瞳在说什么？她说自己是櫂？

可是，小瞳不像是失去理智。

她冷若冰霜的眼神依然盯着空中，厉声说道："櫂也曾浑身湿透地站在雨中。有个下雨天，我一到家就看到他淋着雨站在门口等我。那是圣诞夜的一周前。我骂他'干吗站在雨中，你白痴啊'，他战战兢兢地回答'我今天很想见你'。我带他进屋，借他浴室洗澡，还拿爸爸的衣服给他穿……然后端茶出来，问他找我有什么事，他又变得扭扭捏捏……"

小瞳一瞬间露出哀伤的眼神，咬住嘴唇。如陶瓷般白皙的脸庞落下几滴雨水。她又板起脸孔，痛苦地说着："圣诞夜那天，我原本要和櫂去看电影。我想把这件晾干后的制服还给他，可是我带着衣服去他家时……我……我……"

小瞳的声音越来越高亢，眼中迸发出漆黑的感情，那像是憎恨或绝望……痛苦喘息的小瞳让我看得好不忍心。我丢下雨伞，抓住她的双手。

"小瞳，快回家洗澡吧！"

"放开我，就算一辈子都不洗澡我也无所谓。"

"不要说傻话了，你明明那么爱干净，洗一次澡要用到三种沐浴乳呢。"

"人不洗澡又不会死！"

"文明人淋了雨就是要洗澡啦！"

我和奥古斯特合力把她拖进屋内。

接着，我看见一幅令人愕然的景象。

我看到玄关走廊上堆着七个半透明的垃圾袋，里面透出青蓝、浅紫等各种色彩。

"这……这些都是衣服吗？"

"是明天要丢的可燃垃圾。"

我蹲下去，打开垃圾袋来看。

"这件高腰洋装不是最近刚买的吗？这件蓝灰色裙子是你最喜欢的吧？啊啊！这一件！这是你非常想要、犹豫了两个小时才用原价买下来的长羊毛衫呢！咦！少了一只袖子！啊！这件洋装的裙子也剪坏了！小瞳，是你剪的吗？"

小瞳冷冷地把我拿出来的衣服塞回垃圾袋里。

"我不要了。"

"什么不要？这件外套还有这件衬衣你都很喜欢吧？"

"我就是不要了。"

女生丢掉喜欢的衣服可不是小事。难道小瞳想当男生？

"唔……总之，你先去洗澡！"

我拿起少了袖子的棉质洋装在正要绑上垃圾袋的小瞳脸上乱擦一通，接着把她拉到浴室。奥古斯特也跟来了。

我不顾小瞳的反抗，硬是脱下她的衣服，打开热水往她头上冲。

然后抹上沐浴乳，粗鲁地搓洗。

小瞳不停口地骂着"笨蛋""多事"，让我觉得自己像个在帮难缠猫咪洗澡的动物美容师。

我心无旁骛地用海绵在她全身上下擦洗，我和小瞳、奥古斯特都沾了满身泡沫。

"菜乃，你这个人真是不可理喻。"

"你自己才是呢。"

"鸡婆。"

"既然知道，在我面前就跟从前一样保持干净吧。"

"你的制服都脏了。"

"啊！"

"只有你一个人穿着衣服，感觉好下流。"

奥古斯特也在"汪汪"大叫。

"呃，连奥古斯特也这么想啊？好啦，脱就脱嘛。"

我难为情地解开纽扣。

"你的胸部一点都没长大呢。"

"不，不用你多管闲事！"

我把莲蓬头对着小瞳，冲了她一脸的水。

后来，我们两人一起泡进浴缸，慢慢让热水放满，直到身体变暖才爬起来穿上干衣服，总算舒畅多了。

"还好你没把衣服全都剪破。"

向小瞳借来穿的运动服上衣和裤子都太长，不过腰部的松紧带却有点紧，真教人生气。

我们坐在小瞳房间的电热毯上，我用吹风机轮流吹着我和小瞳的头发，还有奥古斯特的毛。

我的头发又细又软，稍微大意就会被热风吹得打结，非常麻烦。小瞳的头发浓密又柔顺，让我好羡慕。

刚认识时，我就非常向往她那头飘逸的长发，那也是我和小瞳相熟的契机。

"你的头发好漂亮！好柔顺！真好喔，真羡慕，可以让我摸摸看吗？"

我曾眼睛发亮地向她这样要求。后来我们也常玩美发师游戏，互相帮对方编辫子。

"我好像很久没来你的房间了。"

"是吗？你明明经常来。"

"可不是，小时候几乎天天来嘛。"

"都高中了还每天来，我会烦死的。"

"有时候就是会突然很想找你嘛。像是有很开心的事想向你报告，搞砸事情想来找你抱怨，还有感觉你好像在呼唤我的时候……"

"什么啊？心电感应？"

"或许吧。"

"我才没有叫你呢。"

床边摆着一只鲜黄色的袋鼠布偶，头上绑了一条"必胜"的头带。那是小瞳十二岁生日时，我送给她的礼物。小瞳那时正在准备私立初中入学考试，所以我送布偶帮她加油。

小瞳至今仍珍藏着布偶。

吹风机的热风把小瞳耳边的头发吹得飘起。我帮她梳头时，摸到她柔软的耳垂。

"对了，櫂常戴耳环呢。"

我悄声问道。小瞳的肩膀一颤，语气不悦地回答：

"那是防人用的。"

"防人？"

"他说戴着耳环，别人就不会靠近……初中生戴耳环很醒目，别人看了会害怕，就不敢找他说话……櫂是这么相信的。"

庄司学长说过，櫂完全不和别人往来，似乎不相信任何人。

我觉得胸口莫名地郁闷起来。

小瞳继续低着头说：

"耳环是櫂自己做的。那家伙的个性笨拙，手却很灵巧。他只有左耳戴耳环，所以只需要一个，但他每次都做两个。"

她眨眨眼睛，轻声说着。

"或许是觉得只有一个太寂寞。"

一个人太寂寞……櫂一定也这么想吧？

小瞳送耳环给老师，和櫂的耳环有关吗……她说过自己要做榷想做的事……

她别过脸去。

我知道小瞳只有在害羞或消沉的时候才会转开视线。

奥古斯特"呜呜"叫着，舔起小瞳的手指。她摸摸奥古斯特的脖子，喃喃说着：

"榷自杀的前一天……也来找过我。"

低垂的睫毛微弱地颤动。

"当时，榷要我去泡咖啡。他淡淡地说，不要即溶的，要热一点，不加糖，要加热牛奶……"

小瞳泡好咖啡回来后，看到桌上放着几个耳环。

榷对吃惊的小瞳说："这些我不要了，送给你。"然后起身要走。

小瞳叫住他问："咖啡呢？"

"不喝了。"榷寂寥地说完就离开。

那是榷对小瞳说的最后一句话。

隔天，榷就拿刀刺入自己的胸口。

"如果不是被人背叛，他或许还活着……纯白的雪或许会飘降……"

小瞳的声音小到几乎听不见，充满无奈的绝望。

她大概在责怪自己。榷最后一次来访时，她已经发现不对劲，却没有留住他。

突然，小瞳的嘴唇颤抖、脸孔扭曲，眼中浮现冰冷的怒意。

"绝不……绝不原谅……"

我惊觉地想起她割伤老师，以及在雨中注视半空的模样。

小瞳体内原已渐渐熄灭的怒火又开始燃烧。

仿佛有人在小瞳的耳边低语"不可原谅"。只要她开始退缩，那个声音就会叫她不能停止复仇，一定要继续下去。

她痛苦地喘着气，抓起时钟摔到地上。

时钟发出"喀咚"一声，电池掉出来，指针停了。奥古斯特"汪汪"狂吠。

小瞳恶狠狠地对屏息的我说：

"你走，我现在最不想看到的就是你！"

怎么办？我该怎么办才好？

回家的路上，雨还是下个不停。

我用手机打电话给心叶学长。

"大事不妙了！櫂就是小瞳啦！"

"日坂同学，你可以用比较好懂的方式说明吗？"

心叶学长困惑地说。

我立刻叙述在忍成老师家看到的景象，还有我和小瞳的对话。

小瞳现在很不好。她的心情很不稳定，已经走投无路。如果我置之不理不知道会发生什么事，说不定她又会变成櫂，拿刀去攻击忍成老师。

心叶学长一直静静地听着。等我讲完以后，他以沉思的语气说：

"日坂同学，我打算周日和冬柴同学去约会。"

"咦咦咦！"

"去水族馆不错……"

"等……等一下！"

我慌了。

"小瞳现在的情况怎么能约会啊……"

但是，心叶学长的语气很沉着。

"那天是情侣日，一起去可以享受半价喔。"

呜……心叶学长打算带小瞳出去散心吗……

就算这样，又不是非得约会不可……我，我才不是在吃醋，但是，我真的不想看到心叶学长和别人去约会……

我开始思考该不该说小瞳对鱼类过敏，如果去水族馆一定会不停打喷嚏……

"日坂同学也找个人一起去吧。"

"咦？"

"比如认识的男人啦。"

心叶学长说的不是男生，而是"男人"。

我突然领悟，立刻对着手机大叫：

"我，我懂了！既然心叶学长要和小瞳去约会，我也要和别的男人出去！"

"咦？约会？"

忍成老师傻眼了。

因为我隔天一放学，就冲进馆员办公室大叫"我们周日去水族馆约会吧"。

"是啊，情侣一起去只要半价喔。老师吃了我煮的稀饭，所以欠我一份人情。而且，昨天如果我没有大叫，老师就不只是受到皮肉伤啰！一定会被当场杀死！为了报答我，就请在水族馆的门口和我装成情侣吧。如果老师拒绝，我就要到处宣传老师喜欢男生、幼女，还是个骗婚的坏蛋！"

大概是我的威胁生效，周日午后老师没有借口生病或是爽约，乖乖地和我来到水族馆门口。

水族馆位于市中心，交通很方便，我曾和家人与朋友来过好几次。

在入口的售票亭，老师连我那份的钱也一起付了。

"呃，我自己出钱就行啦。"

我急着拿出钱包。

"既然要报答你，我出钱也是应该的。"

老师和气地说。

我觉得自己好像勒索了人家，心里很不好受。

"谢谢老师。"

接过海蓝色的门票时，后面有人叫道：

"菜乃？"

回头一看，发现是小瞳和心叶学长。小瞳非常惊讶，表情都僵住了。

我故作开朗地说：

"哇！小瞳和心叶学长也来啦？情侣日只要半价，真划算呢！"

小瞳咬着嘴唇不说话。

一旁的心叶学长温和地说："真是巧合。"

忍成老师好像也吓一跳。他愣愣地看着小瞳，露出苦涩的微笑。

"……"

小瞳丝毫不掩饰心中的不悦，直瞪着老师，一双大眼睛充满愤怒和责难。

老师面露苦笑，默默承受小瞳的视线。他的笑容看起来好难受、好悲哀。

"太好了，那就一起逛吧，心叶学长！"

"嗯……好啊，日坂同学。"

"没关系吧，老师？"

"冬柴同学，可以吧？"

小瞳沉默不语，老师也为难地闭嘴不说话。

气氛紧张得要命，我的胃都快穿孔了。

先开口说话的是小瞳。

"随便你们。"

她板着脸说完就自己先走了。

心叶学长瞄了我一眼，转身去追小瞳。

"老师，我们也走吧。"

"好的。"

我和一脸忧郁的老师跟着走进了水族馆。

心叶学长用这种方式让小瞳和老师见面，是不是想帮他们制造说话的机会？

如果是这样，照现在情况来看实在很难成功。我们四人虽然一起走，小瞳却像戴了铁面具一样，板着脸不理我们，老师也只是悄悄望着小瞳，好像很担心难过，却不找她说话。

我努力装出愉快的语气大叫：

"小瞳，你看！有好多沙丁鱼喔！一直在打转呢！沙丁鱼丸很好吃的！"

"老师，是海豹！不是白色，是灰色的！我还以为海豹都是白色毛茸茸的呢！"

不管我怎样努力，气氛还是一样紧张沉重。

小瞳的脸颊抽搐，顽固地不发一语，后来竟然主动勾住心叶学长的手臂！

心叶学长稍微张大眼睛，但也没有拒绝。

小瞳、小瞳！拜托你，不要和心叶学长贴得那么近啦！

我在后方拼命传送心电感应。

她和心叶学长并肩看着红、蓝、黄的热带鱼在珊瑚礁之间穿梭，真的很像一对情侣。相较之下，我和老师看起来简直像没有男友的可怜女生硬把叔叔拉出来玩一样……呜呜……

我自惭形秽地看着小瞳他们，没注意前面有阶梯，差点摔倒。

"呀！"

"危险，日坂同学！"

老师一把抱住我。

"呼……谢谢老师。"

"不会。你没事吧？"

"只是滑了一下，没关系。"

我红着脸回答。

"骨折很容易复发，要小心一点。如果又要撑着拐杖上学就糟了。"

老师温柔地说。

"咦？老师怎么知道我初二参加网球比赛时跌倒撞到网架而骨折的事？"

忍成老师惊讶地说：

"咦？我听说的是你小学四年级时扮演超级英雄跳下铁格子，结果单脚落地而骨折那件事啊。"

"那次只是扭到啦。"

"这样啊……"

老师含笑着说。

小瞳可能很讨厌看到我和老师这么亲密，凶狠地盯着我们。但是老师没发现小瞳的视线，像个学者一样一直为我说明。

"贝加尔海豹是栖息在淡水的海豹喔。"

老师的声音非常轻柔，非常小声，所以我听他说话时会自然而然地靠过去。

小瞳的眼神变得更凶了。

老师凝视着蔚蓝的水槽，淡淡地说话。

水槽映出我和老师，还有心叶学长和小瞳。

槽内的水无比透明，拍着鱼鳍移动的鱼儿们好像飘逸的花瓣。

气泡在光芒之中往上浮升。

"好像雪啊。"

老师喃喃说着。

"咦？"

"我说气泡。"

他眯起镜片底下的眼睛，像是看着远方。

缓缓摇曳上升的气泡看在老师眼中，就像从天飘落的雪花吗？说不定他在这片雪中也看见櫂……

老师那句"阻挡雪花飘向别人"是什么意思？

还有那句"雪染红了"……

这时，小瞳以尖锐的语气说："你知道《剪刀手爱德华》吗？这部电影的主角双手都是剪刀。受尽人们排挤的可怜剪刀手，为了心爱的人让圣诞节下起雪。"她面向心叶学长，不过好像不是在对心叶学长说话，而是说给别人听。

我也看过《剪刀手爱德华》。我本来以为那是一部描述剪刀杀人魔的恐怖片，租回来一看才发现是个风格梦幻的悲伤故事。

我还记得强尼·戴普饰演的剪刀手用身上的剪刀雕刻巨大冰块，碎屑像雪一样轻轻飞舞。那个画面美得令人感叹，为之心醉魂迷。

在这片人造雪景里，剪刀手爱慕的美少女面露微笑，缓缓将双手伸到雪中。

不过，小瞳为什么突然提起这部电影？

尚未改造完成就被丢下的孤独剪刀手令我想到櫂。

还有，雪也是……

"我要和剪刀手一样，让雪飘降。"

我僵住了。

小瞳说了"我"！ ①

我想起小瞳那一晚冒雨站在院子里，眼神凶狠地说她要做櫂想做的事。我的背脊瞬间发冷。

因为我就是櫂。

---

① 原文是"仆"，男性常用的自称。

难道小瞳又变成欋？

心叶学长倒吸一口气，忍成老师也痛苦地眯起眼镜底下的眼睛。

憎恨如熊熊火焰，在小瞳的脸上延烧开来。宁可伤害自己也一定要攻击别人的毁灭性冲动、盲目的热情，化为青色火焰吞噬她纤细的身体。

她的眼神闪烁着杀气，"以欋的身份"走向老师。

淡蓝色的灯光。

清澈透明的蔚蓝水槽，轻摇鳍片的鱼群。

缓缓上升的气泡。

在这冰冷的气氛之中，"欋"愤怒地说：

"在那部电影里，所有人都背弃了剪刀手。包括亲切地带他到外面世界的人，还有去接他的家人和邻居，所有人都背弃他，冷酷地赶走他。碍事！滚出去！你太危险了！是不该活在世上的怪物！快消失吧！"

小瞳越接近老师，声音就越高亢，眼中的杀意和痛苦也逐渐增加。

被小瞳批判的老师眼神黯淡，双手像是忍耐着痛楚般握紧，静止不动。

小瞳激动得表情扭曲，像是快要哭了。

"为什么！既然最后会那样对我，为什么一开始要对我好！我和剪刀手一样只有一个期望，'不是瞳那个女人'……"

忍成老师皱紧眉头，言语像一把刀子划过他的胸口。

小瞳……欋的右手伸向老师。

眼看那只手就要碰到老师的脸……

这时，上方传来广播。

"忍成良介先生，有人找您，请到服务处。"

小瞳的动作停止，老师也一脸呆滞。

紧张的气氛消散之后，继而到来的是尴尬的沉默。

我畏畏缩缩地问：

"老师，你约了其他人吗？"

"没有……"

"难道是同名同姓？不过忍成这个姓很少见的。"

"总之，先去看看吧。"

老师边说边看小瞳一眼，然后一脸疑惑地走了。

我和老师一起离开，眼神冷淡的小瞳和表情高深莫测的心叶学长也保持一段距离跟了上来。

到了服务处，老师报上姓名，但女服务员语带含糊地说："非常抱歉，那个人刚刚还在这里，但他后来说要去洗手间，就没有再回来。"

"喔……"

老师不知该怎么回应。

"那个人长什么样子？"

"是个穿着制服的高中男生，长得很清秀。他请我把这东西交给忍成先生。"

她说完就拿出一个白信封。

我大吃一惊。因为，那信封和老师家里跟耳环放在一起的信封一样！那是一位美少年送到大学研究室的……

不过，那个美少年明明是穿着男生制服的小瞳……

老师的表情非常讶异。

他接过信封，有点犹豫地拆开。

从信封里掉出来的是银色饰品。

那是一对刀形耳环！其中一个从老师的手心落到地上。

他睁大眼睛，表情僵硬，回头看着小瞳。

小瞳脸部抽搐地看着地上的耳环，好像突然无法呼吸，双手按着脖子痛苦喘气，嘴唇轻微颤动，似乎想说什么。

"櫂……"

她想说"櫂"吗？

小瞳一再张嘴，紧闭眼睛，双手颤抖，连脚步都站不稳，最后她别过脸，很难受地说："我要回去了……"

"冬柴同学！"

"小瞳！"

小瞳像是被淋了一头冷水似的脸色铁青，摇摇晃晃地转身跑开。

"我去看看。"

心叶学长小声地说完，跑去追小瞳。

他们两人越走越远，消失在我的眼前。

忍成老师难过地目送他们离去。

我和忍成老师在服务处默默坐了一阵子，但是一直没人出现。

"为什么……要把耳环装在信封里送来呢……"

我喃喃问着，老师满脸愁容地摇头回答：

"我不知道……"

他握紧放在腿上的双手，无力地垂下头。

真希望他能说出心中的秘密。

我一直在注意他深藏心底的阴暗感情。

那一天，我看到不该存在他心底的东西，非常惊讶。

从那时开始，我已知道他藏着什么秘密，还有他害怕的事!

但是他固执地闭口，丝毫不对我提起，装出对一切都没感觉的态度来敷衍我。

我好几次试着套他的话，希望他能把自己的"心"展现给我一个人看。无论说出那件事对他而言是多么痛苦，但只要他能说出来，一定可以撑下去。

啊啊，真希望他能信任我。

我听着撼动窗户的风声，在棉被里不断翻来覆去。那天以后，我开始害怕漫长黑夜，老是睡不安稳。

虽然他就在薄薄纸门的另一边，他的心却遥远得无法触碰，这种感觉寂寞得让我几乎崩溃。

我不想剖开他的心来看。

只是希望他稍微掀开心上的铠甲，让我瞄一眼。

真的只是这样。

不过，我永远都没机会从他的口中听到那些事了。

我不懂。
我什么都不懂。

我好寂寞，觉得独自一人被摒除在世界之外。

第四章
我的复仇

第二天，小瞳和忍成老师都没来学校。

小瞳请了病假，图书委员则说忍成老师返乡参加亲戚的七周年法会去了。

我放学后去小瞳家，站在院子里朝着她的房间大喊"小瞳"，可是窗帘还是关得紧紧的。

隔天早上我设定三个闹钟，一大早起床去了小瞳家，在院子里抱着奥古斯特的脖子，冷得牙齿打颤。可是，等了很久还是等不到小瞳。

和初一那次一样……

那个信封和耳环竟然让小瞳受到这么大的震撼吗？耳环到底是谁送来的？

看到小瞳这么痛苦却束手无策，让我好难过。我猜不透小瞳的心情，她又不肯依靠我，我觉得好寂寞啊……

我无精打采地摸着"呜呜"悲伤低鸣的奥古斯特。

"这个故事的所有人物都好寂寞喔……"

在放学后的文艺社里，我再次读起《心》，一边郁闷地说。

"虽然'我'很仰慕老师，老师却对'我'很冷漠。老师满怀绝望，没办法相信任何人。夫人始终问不出老师的秘密，K则是被好朋友背叛而寻死……"

明明每个人都不是坏人，为何会有这么多冲突？为何会如此寂寞？

"说不定每个人都是寂寞的。"

坐在我对面敲打笔记型计算机键盘的心叶学长停下来，认真地说。

"即使想要互相了解，也很难真的了解，只会逐渐远离……"

心叶学长好像想起什么事，眼神飘得好远。

忍成老师也说过一样的话。

"即使想要互相理解，互相体谅，到头来也只能自私地活下去……"

"所以我觉得跟人在一起才寂寞……非常寂寞。"

他的眼神清澈，声音平静，说着"非常寂寞"。

这种萧瑟的心情也在我的心中渐渐扩散。

"夏目漱石也很寂寞吗?"

"或许吧……漱石年轻的时候深受神经衰弱折磨，还有人说他是为了排解心情才写下《我是猫》，想必他的个性一定很敏感，很容易感受到人生的痛苦悲伤。"

"神经衰弱? 是指扑克牌吗?"[①]

心叶学长愣住了。

"为什么会提到扑克牌?"

"我在想，会不会是因为赌博欠了很多钱，所以被讨债的逼

———————————

① 一种扑克牌游戏的名称，规则是把相同的牌配对消掉。

得很痛苦……"

"不是的，那是现代比较少见的病名。患者会很焦虑，心理压力很大，有持续性的疲劳，还会伴随着头晕和头痛，和忧郁症很像。漱石三十多岁时被文部省①派遣至伦敦留学研究英语，可是申请经费很麻烦，所以他几乎都是独自索居钻研，孤独和不安让他的神经衰弱继续恶化，当时日本也有传闻说他疯了。漱石回国以后写了《我是猫》之后大受好评，又陆续发表《少爷》《草枕》等早期代表作。"

"他的神经衰弱痊愈了吗？"

心叶学长露出犹豫的表情。

"嗯，是啊。他到《朝日》报社工作，开始连载《虞美人草》，奠定作家的地位，也不再为神经衰弱烦恼。可是，他又罹患了胃病。"

"哎呀……"

我冒出冷汗，心想作家这个工作真辛苦。心叶学长继续说："他写完所谓的早期三部曲《三四郎》《之后的事》《门》的时候，胃溃疡变得很严重，出门疗养时在旅馆呕了很多血，几乎是在鬼门关前绕一圈。那时漱石四十三岁，后来他的作品变得更倾向写实，主题也转而探讨人类的自私本性。"

自私？

我想起老师说的话，心中突然一紧。

他眼神黯淡地说自己很排斥《心》那位老师的懦弱和自私，却又很有同感……

———————
① 文部省，日本负责教育、学术、文化等事务的行政机关。

"漱石因为胃溃疡住院，连载中断，神经衰弱又复发。在这期间他还是不断尝试，不断追求理想中的小说。

就这样，他在四十七岁时写了《心》。

《心》从四月到八月一共连载一百一十回，以半自费方式出版，是漱石在岩波书店出版的处女作。在这本小说里，漱石描绘出人类自私本性的无底深渊。"

"为什么漱石要一直追求自私和深渊呢？写这种东西不是会加重他的胃溃疡和神经衰弱吗？"

心叶学长垂下眼帘，好像在想事情。

"的确……挖掘内心黑暗面是很痛苦的……

"我觉得，漱石想写人心的罪恶和私欲，或许是因为任何人都有这种感情……他是为了升华这些感情，才会拼命思考以致吐血。

《心》只是他的一个里程碑，后来他仍然反复探索深渊，持续写作。

"漱石最后的作品《明暗》没有写完。如果完成了，或许就能找到答案吧。"

要怎样才能升华人心的自私呢？
彻底的孤单和绝望会有解脱之道吗？

心叶学长谈论漱石的时候，表情看起来好严肃、好成熟。

他用电脑写小说时偶尔会寂寞地眺望远方，令人难以接近。

文化祭前，心叶学长写作时也很痛苦。

我至今还没问过他关于小说杂志上连载的《文学少女》。

下一次是第三回连载，作者的名字到现在都还没公开，因此掀起一阵话题，大家都在谈论是谁写的，很多作家都出现在预测名单之中。

心叶学长一定知道探索深渊的狂热心情……

他温和地说："听说漱石晚年的理想是'则天去私'。"

"则天去私？什么意思？"

"就是舍弃私心，自然地活着。"

"像释迦牟尼那样吗？"

"哈哈，是啊。"

人类有办法完全舍弃私心吗？什么都不追求，什么都不期待，一切顺其自然，就像悠然地住在森林里的猴子……

我想起老师，寂寞的心情又油然而生。

如果自己身边一个人都没有，就不会发生憎恨、背叛、伤心的事了……

可是，那样不是很寂寞吗？

当天晚上，櫂以前的学长庄司打电话给我。

"我想起一件关于櫂的事。"

他忧郁地说起。

"櫂不亲近任何人，我们也很少说话……不过，他在过世的一周前说过圣诞夜要去看电影，我开玩笑地说一个人去看会很尴尬喔，结果他红着脸说'我不是一个人去'。那种冷淡的人害羞起来还真可爱。"

"我问你……圣诞夜你要和瞳出去吗？"

"没有，我们还没约好要出去。"

"真的吗?"

"嗯。"

"这样啊……"

耳中和眼底又浮现我和櫂的对话。

我也想起他松一口气，不好意思地喃喃说出"谢谢"的模样。

那个雨天，櫂在小瞳的家门前等着，犹豫不安地提出看电影的邀约。

小瞳当时是怎样的心情? 她答应的时候，櫂一定很开心吧?

想到这些事，我的胸口越来越郁闷，甚至觉得鼻酸。

櫂为什么要死呢? 他还没和小瞳去看电影。

他为什么把耳环留在小瞳家呢?

"櫂在圣诞夜要看什么电影?"

庄司学长的语气很迟疑。

"天晓得……我问过他，可是他没告诉我片名，只说了一句话……"

他苦涩地对竖耳倾听的我说:

"'那天电影院里会下雪' ……他闭着眼睛，好像很高兴……"

电影院里……会下雪?

又是雪。

老师、小瞳、櫂三个人都提到雪，但我实在搞不懂那是什么意思。

"不论谁邀櫂去看电影，他都会说'电影得一个人看'，所以我当时真的很惊讶。我问他要跟谁去看，他都不说，我从来没看过他那么平易近人的一面，他平时给人的感觉都是'我和你们不一样'……"

庄司学长的语气突然变得消沉。

电话另一端传来犹豫的气氛，好一阵子我才听到含糊的声音。

"其实……櫂对我说过很奇怪的话。"

"奇怪的话？"

"那家伙太过固执。我有一次忍不住发脾气，教训他'为什么你不能随和一点，和大家一样'，他冷冷地回答'因为我看过一个人死去'……"

好像有把冰冷的刷子扫过我的后颈。

庄司学长的声音变成櫂的声音，在我的耳里回荡。

"他说'或许我的基因在那时已经改变，变成人类以外的生物'。"

和庄司学长结束通话后，我打手机给心叶学长转述这件事，他默默地陷入沉思。

"庄司学长说櫂可能是在开玩笑，不知道事实究竟是怎样……"

心叶学长低声说：

"櫂不像是会开玩笑的人，他很有可能真的看过人死去的模样。但是，我也想不出实际情况。"

"是啊……"

"櫂的父母是怎么过世的？"

"呃……我记得是车祸。"

"和忍成老师一样呢。"

"啊，对。"

此外，老师一样曾被亲戚收留。

不过老师说，他在妹妹死后就离开叔叔家，独自过活。

心叶学长又沉默了片刻。

"櫂想在圣诞节找冬柴同学去看什么电影呢……"

他说出和我同样的疑问。

"会不会是有下雪场面的电影呢？他说'电影院里会下雪'，但是室内不可能下雪啊。"

"下雪的电影啊……"

"一定有很多。"

"嗯……去查查上映时间或许可以缩小范围，不过应该还是挺多的。"

"就是啊，因为那时候快到圣诞节了嘛。"

我回忆着有下雪场面的电影。

《鬼店》的背景是被大雪封锁的旅馆，日本恐怖电影《孕—HARAMI—白色恐怖》也有下雪的场景，《恶夜三十》则是在雪中的阿拉斯加小镇和吸血鬼展开对决……

不过，一般人会找喜欢的女生去看恐怖电影吗？我以前对小瞳说过"有部僵尸电影不错，要不要去看"。结果，她冷冷地看着我说"品位真差"……

心叶学长说：

"总之先列出那段期间上映的电影清单，再来讨论吧。"

"好的。"

"还有，可以让我见见老师的未婚妻珠子小姐吗？"

"心叶学长，你喜欢年纪大的女人吗？"

"我只是想问老师的事。"

"这……这样啊……啊哈哈……"

我尴尬地笑了，心叶学长无言以对的心情从电话另一端传来。

"呃……如果要找珠子小姐，只要答应安排联谊，她就会来了。不过，她好像要有钱又好看的对象。"

"我会找找看能介绍给她的对象。"

说完以后，我们就挂了电话。

隔天小瞳也没来学校。

我替她带奥古斯特去散步之后才去上学，放学后又去了文艺社，看着心叶学长列好的电影清单和他一起讨论。

"我本来以为《剪刀手爱德华》曾经重新上映，结果没有。忍成老师说过的阻挡下雪，是不是指阻止他们去看电影啊？"

"唔……有可能……"

"小瞳说'雪染红了'时，我所能想到的最直接解释，就是櫂在雪天死了。"

"不对，我查过天气，櫂过世的那天没有下雪。"

"咦？还是应该解释成櫂本来像剪刀手一样让圣诞节下雪，所以，他一死雪也染红了？"

"这个嘛……很难说。"

"啊，这部电影我在一月看过，讲的是漂流到南方荒岛的旅行者被僵尸攻击。"

"日坂同学，你大过年的就在看僵尸电影吗？"

心叶学长苦着一张脸。

"过年看僵尸片最棒了，电影院里几乎都没人。我和哥哥弟弟一起去看，彼此的感情变得更融洽了呢。"

"竟然跟家人去看！"

"是啊。啊！这部我也看过！"

"别再管僵尸片了。"

"不是僵尸片啦，是《仿若晴空》。"

翻着清单的心叶学长突然僵住。

"我好喜欢这部电影！连续剧版也很好看，但我比较喜欢穗积里世在电影版演的树，好清纯，好可爱，画面也拍得很美！黄昏中的操场，金光闪闪的走廊，雨停后的林荫道……最后饮水台那一幕，也让人看得小鹿乱撞呢。"

"这样啊。我一次都没看过，所以不太清楚。"

"那一定要看看，心叶学长绝对会喜欢。那种风格很像心叶学长写的小说……"

我突然噤口。

胸口充满不安，觉得自己好像说了什么蠢话。

心叶学长静静地看着我，那种眼神更加深我的不安。

脑海里浮现一个名字。

那是人们在议论纷纷地谈论谁是《文学少女》的作者时一定会提到的名字……当年每一个初中女生都知道的名字……听说已经封笔的那个人……

头脑整个麻痹，心脏强烈鼓动，濒临迸裂。

我和心叶学长默默地互相凝视好一阵子。

我心慌得几乎脸红，但心叶学长的眼神成熟又冷静。

"对，对了……"

我承受不了沉默，勉强挤出笑容。

《仿若晴空》是夏天的故事，没有下雪画面，应该不是櫂要看的电影。"

心叶学长也露出微笑。

"是吗……那我们再看看别的吧。"

"好的。到底是哪一部呢……呃，这部电影……"

我认真地盯着清单。

心悸还是停不下来，但我现在更怕知道心叶学长是什么身份。

要是知道了，我一定会不知所措。

现在我必须专心处理小瞳的事。

后来我们又讨论很久，结果还是不知道櫂想带小瞳去看什么电影。

晚上，我接到珠子小姐的电话。

"我听到你的留言了，你说有个男生想要见我？我果然很受年轻人欢迎呢。可是高中生又不能当成结婚对象……算了，我有兴趣就会打电话给他，先把号码给我吧，说不定他的亲戚里面会有前途光明的帅气表哥呢。说到这个，你上次说要约有奔驰车又长得好看的人来联谊，还没定好时间吗？"

"还没，下次再说吧。对了……老师去参加亲戚的七周年法会还没回来吗？"

"他是今天回来的，已经在东京。"

"这样啊……"

这样看来，老师明天应该会去学校。

"不过，良介很不妙呢。"

珠子小姐的语气变了。

"嗯？不妙？"

"他从来没参加过耿介叔叔的法会，这次他来还真是吓到我了。他的脸色很差，比死人更像死人。他在法会之中发作了好几次，搞得自己满身大汗、呼吸困难。看到和自己很像的遗照一定很不舒服吧，真不知道他干吗勉强自己参加。"

"发作……是心脏病吗？老师没事吧？和老师很像的遗照是什么意思？"

"良介和耿介叔叔长得很像嘛。你也不用担心，良介的心脏好得很。不对，那个笨蛋还是该早点去死。我好心去照顾他，他却一脸阴沉地说'要怎么做才能让你恨我、轻视我、忘记我'！真是太夸张了！"

我想问珠子小姐为什么说老师的心脏好得很，但她正在气头上，根本不给我机会开口。

"良介有问题的不是身体，而是心。他的心理问题才是最严重的，你最好也小心一点。我真的不想理他了，我才不想跟有病的男人往来。你快点帮我搞定联谊吧！不要约在小酒吧喔，要高级酒店！"

她把想吼的话都吼完就挂断电话。

良介有问题的不是身体，而是心。

这句话依然留在我的耳里。

◇　　　◇　　　◇

我起先觉得和他相像是件愉快的事。

但是，后来渐渐变成痛苦。

因为我明白了我们是不同的人，他有秘密没告诉我，两人的心不可能完全一样。

如果你的名字不叫瞳，或许我不会那么在意你，我们也不会发展到这种关系。

我看过你早上去遛狗。你抬头挺胸的模样，坦荡荡的视线，闪闪发光的长发都好漂亮。

你外冷内热的个性、看似坚强其实脆弱的心，还有正直，我一直都看在眼里。所以，我大概是这世上第四个了解你的人。

你一开始敌视我，但你没必要对我耍什么心机。

因为从你被命名为瞳的那一刻起，你的命运就注定了。

我现在只想待在安静的地方，不让任何人进来。

我想在只能听见风声和鸟兽叫声的地方生活。

那里一定不会有背叛和绝望。

一切都很单纯、很自然。

那是他期望的寂静乐园。

为了去到那个地方，我愿意舍弃我的心。

隔天我去小瞳家，发现奥古斯特的小屋是空的。

小瞳带它去散步了！我急忙跑出去。

走惯的人行道、常见的街角、便利商店、邮筒、豆腐店……我跑过小瞳和奥古斯特的散步路线，在前往公园的路上找到牵着奥古斯特的小瞳。

"小瞳！"

我放声大喊。小瞳停下脚步，神情冷淡地转过头来。

"早安！"

我气喘吁吁地笑着说。

"嘿嘿，早点起床真好，感觉好悠闲，我吃了两碗饭，得出来跑一跑消耗卡路里才行。"

小瞳冷冷地问：

"你用了几个闹钟？"

"三个……啊，没有！我……我在闹钟响起之前就起床了。我偶尔也会早起。"

"你是每隔五分钟设定一个闹钟吧？"

"呃……"

"你老是这样，远足和考试的时候也是。"

多年老友就是这点麻烦，我们都很熟悉彼此的习性。

"第二个闹钟刚响时我就醒了，没等到第三个响起。"

我自豪地说。

"这有什么好骄傲的？"

小瞳怼了一句就转身离开，我则跟在她的身边。

奥古斯特抬头挺胸地走在我们前方。

"你上次是不是在我家的信箱放了奇怪的糖果？"

"啊，你是说喉糖吗？那是我亲手做的香草喉糖喔！因为老师说你感冒请病假，我就专程去探望你。"

"那么大一瓶，害我吃得好痛苦。"

"咦？你全部吃光了吗？一天吃两颗就差不多了。如果你喜欢，我可以再多做一些。"

"不用。吃完以后，嘴里都是杀虫剂的味道。"

"那不是杀虫剂，是香草。对了，这次过年我来挑战香草红白蛋糕吧。"

"别拿来给我。"

"别担心，我一定会准备你的那一份。"

"我都说我不要了。"

我们的对话一如往常。

小瞳一直没有正眼看我。

我有好多事想问她，像是水族馆的事，还有下雪的事。

我也想问櫂和老师的事……

不过小瞳好不容易才走出家门，像过去一样和我说话，所以我也只是聊聊稀松平常的话题。

等小瞳回家系好奥古斯特的链子，我们就一起搭电车去学校。

走进校门，在校舍入口换室内鞋时……

"这么早都没人，感觉好清闲。"

"你平时上学的时间也没几个人吧？"

"怎么会呢？还是有很多人杀气腾腾地冲进来呀。"

"喔……"

小瞳不太想理我，随便应了一声，从鞋柜里拿出室内鞋。

这时，小瞳突然停止不动。

我探头一看，见到她的鞋子上放着一张折起来的纸。

"哇！是情书吗？"

小瞳摊开纸张，严肃地看了好一阵子，接着把纸撕成两半。

"咦？这样不太好吧……"

她没有回答，继续把纸撕得更碎，丢进垃圾桶里。

"走吧。"

她板着脸说完就先走了。

小瞳并不是第一次丢掉人家的情书……

可是，刚刚那封信真的是情书吗？

休息时间，我去了图书馆。忍成老师今天不知道有没有来……

我正在找老师，却碰到七濑学姐。

"日……日坂！"

她一看到我就变得很惊慌。

"七濑学姐，你好。"

"那……那个……好……好久不见……"

"上周才见过吧?"

她听到这句话变得更慌张，眼睛偷瞄着我，好像想说什么。

"井……井上和你的朋友后来怎么样? 虽……虽然他们怎样都跟我无关啦……"

喔，原来如此。

七濑学姐很在意小瞳和心叶学长的关系，大概觉得那两人怎么看都像在交往。

"七濑学姐，你真的不用操心啦，请专心地准备考试吧。"

"嗯，既然你都这样说……"

她软弱地小声回答。

"啊，忍成老师来了吗?"

"我早上看到过他，不过他现在好像不在。"

"是吗……"

"今年有很多单位来聘请忍成老师，你知道吗?"

"咦?"

"听说他明年就要去国外，好像是要研究猴子吧。"

老师就快要离开了!

我非常震惊，因为他在办公室发作时，还说过他现在不能辞职，拜托我别泄漏他生病的事。

他刚上任不久，为什么这么快就……

"老师要去哪里研究猴子?"

"不知道……这件事是其他图书委员告诉我的。"

七濑学姐说。

小瞳知道这件事吗？

午休时间和小瞳一起吃便当时，我一直找机会提起这件事。
"对了，听说忍成老师……"
小瞳突然板起脸孔，浑身散发杀气，吓得我说不下去。
"我不想谈老师。"
"这……这样啊……嗯，吃饭时还是该专心。"
我赔着笑脸说，然后有点落寞地看着小瞳的便当盒。
"你今天又吃酱卤蝗虫啊？"
小瞳没回答，但眼神好像流露了一丝哀伤。

放学后，我又去图书馆。
我想直接向忍成老师打听他要出国的事，真的确认之后再告诉小瞳。此外，也要问老师关于下雪的事……
我在走廊上边走边想，突然看见忍成老师的身影。
他脸色苍白地爬上楼梯。
珠子小姐早就说过老师的情况很不妙，但是亲眼看到他憔悴得跟病人一样，眼神黯淡无光，我还是吓得背脊颤抖。
我赶紧追过去。
老师明明才上楼，我却看不到人，难道他已经弯进走廊了吗？
此时，上方传来关门声。
楼梯只到这层，再往上就是顶楼！
我推开沉重的门扉，看到老师站在栏杆边。他背向我，抓着栏杆往前倾。

不会吧!

我突然想到自杀的櫂和寄遗书给"我"的"老师",吓得全身寒毛直竖,急忙跑过去大喊:

"老师!不行啊!不能死!"

老师转过头来,镜片底下的眼睛张大。

我一把抱住他消瘦的身体。

"不行!不行!就算老师对《心》的老师有共鸣也不该寻死啊!如果有烦恼就尽管说出来吧!我们一起来想解决的方法!"

"日坂同学,你在说什么啊?"

"老……老师不是打算跳下去吗……"

"我只是在看风景。"

"咦?可是老师的身体都倾出去,好像正要翻过栏杆……"

老师看见我惊慌失措的模样,静静地笑了。

"我像是要自杀吗?"

"呃,这个……"

他现在看起来就像……不,或许没那么像。

"我……不会寻死的。"

老师寂寥地说。

"因为我是个不敢自杀的窝囊废……"

我似乎从他眼底浮现的阴影瞥见了深渊,顿时吃惊地屏息。

"我只是想知道世界倒过来会是什么模样……所以在看天空和树木……"

世界倒过来?

我觉得这句话好耳熟,好像在哪里听过。

老师又看着栏杆外,继续淡淡地说:

"如果现在的世界毫无希望，把世界倒过来看可能会比较快乐吧。"

"老师，这里太冷了，我们先进室内吧。"

虽然老师说他不会跳下去，我还是不安地央求他。

老师握住我的右手。

"不，再陪我一会儿吧。"

他的手冷得令我发抖。

老师真的很不对劲……

他静静地开口，静得像是回音都溶入夜晚的水面。

"我的世界颠覆过一次。那是发生在父母车祸过世，我和妹妹被叔叔收留……妹妹才五岁就死去的时候……"

戴海豚发夹的妹妹吗？

老师握紧我的手，眼中饱含着熊熊怒火。平时那么温文儒雅的人突然表现出这种负面情感，令我不禁背脊发凉、心神惊悚。

"我说过我很像《心》的老师。其实我也像那个老师一样，被非常信任的叔叔背叛。我叔叔很有地位也很能干，大家都说他个性温和，人格高尚，可是……"

"老……老师也像《心》的老师一样，被叔叔侵占财产吗？"

老师轻轻摇头，愤恨地说：

"叔叔夺走的东西……比金钱重要得多。太恶劣……太可恨了……他竟然对那么弱小的孩子……做出那么可怕的事……"

老师的表情、语气、紧握的手上散发出来的激烈怒意令我的皮肤刺痛。

他妹妹怎么了？

那股愤怒黑暗得让人不敢直视。

真是无边无际的绝望……

"从此我再也不相信人类这种生物，所以我离开叔叔家一个人住，不接受任何人的照顾。我还是有名义上的监护人，但我再也不想依靠别人。我有一段时间光是听到嘈杂的人声就想吐，忍不住捂住耳朵。在我看来，猴子比人善良多了。因此，我开始梦想和猴子一起静静地住在森林里，光是想象就觉得很幸福安详。"

怒气从老师低俯的脸上渐渐退去。

相反的，凄凉的寂寞却在我胸中逐渐蔓延。

老师悄声说道：

"我会收留櫂……一定是因为他和我很像……我们都不相信别人，在一起也没有意义……那时我为什么会去找他？为什么会帮他？"

老师的语气包含着苦涩的味道。难道他很后悔收留了櫂？

"櫂绝不露出笑容。他以前明明很正常，但是他的心被某些事刺伤以后就不再笑了。我觉得櫂应该要学着笑，才能在人群里生存下去，就算只是假笑也好。所以，我有一天问他'你要怎样才肯笑呢'。

"櫂低头思索一阵子，静静地回答：'如果能由衷信任别人……或许我就笑得出来了……我还会像《剪刀手爱德华》一样，为对方洒下雪花……'"

小瞳在水族馆也说过一样的话。

櫂很喜欢《剪刀手爱德华》。

他把自己投射在还没改造完毕的孤单剪刀手身上，想要在圣诞节为重要的人洒下雪花。

"櫂说的简直是不可能成真的梦话。可是，我后来当了瞳同学的家庭教师，櫂因此认识瞳同学……"

老师的脸上浮现悲伤的微笑，眼神温柔又哀愁，让人看得心头揪紧。

他说起小瞳和櫂的相处情况。

因为老师在家里提到小瞳，让櫂开始对她感兴趣。

某天老师和小瞳走在一起时，碰巧遇见櫂，于是老师向櫂介绍小瞳。

櫂很怕生，所以没有对她打招呼。

小瞳也是一副不高兴的模样。

可是，那两人不知何时变得很要好，经常单独见面。老师问櫂和小瞳是什么关系，櫂只是害羞地保持沉默。

老师淡淡地说着，但我又开始感到害怕。

和老师相握的手微微地颤抖。

我总觉得老师变得话很多。

以前他只会说些难懂的话，绝口不提櫂和小瞳的事，为什么现在却主动告诉我？

简直就像《心》的"老师"一样。

"老师"决定自杀以后写了一封长信，向"我"说出一切。

忍成老师说自己是没有勇气寻死的窝囊废，但他现在讲得滔滔不绝，听起来就像在交代遗言，令我越来越担心。

"我有一天回到家，发现瞳同学的鞋子放在玄关，櫂的房间里传出她的声音。这时，我突然有种很不舒服的感觉。

"櫂从来不带朋友回家，我也一样。会来家里拜访的只有无关紧要的亲戚。可是，櫂和瞳同学却亲密到可以让她进自己的房间。

"我悄悄走到纸门后偷看，发现他们两人靠在一起说话。

"年纪比较小的瞳同学在对榷说教，榷的神情尴尬，但也很开心……感觉真清纯。

"看到这么温馨的情景，我应该高兴才对。"

老师的眼睛蒙上阴影。

"但是，我高兴不起来。"

冰冷的声音令我为之战栗。

"他们两小无猜的模样，让我嫉妒得快发狂了。"

老师的脸上完全看不见笑容。

他在说什么啊?

他嫉妒小瞳和榷吗?

天气如此晴朗，老师身上却笼罩着灰色的阴影。

我好想把手抽开，全身不停颤抖，却无法动弹，也没办法转移视线或发出声音。

老师的眼中显现漆黑的深渊。

"这种想法让我自己都感到羞耻，我也试图说服自己不该嫉妒别人。可是，我没有信任的对象，一个人孤孤单单，而和我很像的榷却能找到信任的人，让我实在没办法忍受。

"后来瞳同学还是经常和榷见面，我也曾经碰到他们走在一起。瞳同学会向我打听榷的情况，榷也会战战兢兢地对我提起瞳同学，比如瞳同学喜欢的地方或是食物，还有他们平时聊到的话题。

"我还以为榷不可能对别人感兴趣……

"每次听到榷说出瞳同学的名字，我的心就痛如刀割。"

老师的手握得更用力，我痛得脸都皱起来。

看到和自己很像的人做到自己做不到的事，一定很难受吧？但是，嫉妒成这样也太夸张了吧？

老师这个好好先生竟然会这样？

"那个十二月，櫂在圣诞夜将近的下雨天，穿着瞳同学父亲的衣服回来。我问他这是怎么一回事，他只是扭扭捏捏地一直不回答，但是看起来很开心。"

那就是櫂站在小瞳家门前等她的那天！

听说櫂淋雨淋得全身湿透，所以小瞳让他进浴室，还把父亲的衣服借给他穿。櫂显得很开心，一定是因为小瞳答应圣诞夜要和他去看电影。

"我很寂寞，也很生气，心中好像有只猛兽在啃食一切，情绪非常激动。我一直想着櫂是我的分身，绝不能和别人彼此信任或是相爱。"

我惊愕地吸了一口气。

顶楼的门打开，小瞳出现在门边。

为什么小瞳会在这里？

小瞳的脸色很难看。她听到老师说的话了吗？

她睁大眼睛，表情痛苦地扭曲，脚步蹒跚地走近。

"老师……"

我想叫老师别再说了。

"小瞳……"

老师的脸色也和小瞳一样苍白。

"老师，小瞳来了。"

老师分明听到我低声说出的话，却继续说着：

"我不能原谅这个分身背叛我，所以我报复了这对相爱的清纯小情侣。"

"老师!"

他为什么不肯停止呢？

小瞳逐渐走近。老师每说一句话，她就屏息颤抖，露出痛不欲生的表情。

"我要拆散他们两人，否则我无法维持内心的安宁。隔天瞳同学带着櫂的制服来到公寓，我说有很重要的事要告诉她，在她的身边坐下，腿都靠在一起。

瞳同学一定搞不懂我想干吗，她一脸迷惘地注视着我。"

"老师，别再说了……"

不要再说了，老师！小瞳在听啊！小瞳正在受苦啊！

"我把所有注意力都集中在耳朵，屏息听着櫂爬上楼梯的脚步声。我的心跳随着他的脚步声跳动，脑袋里充满嘈杂的回音，我也知道他开门了。"

"不可以！老师！"

小瞳已经走到我们身边。她脸色铁青地伫立不动。

老师依然说个不停，眼中浮现阴郁的光芒，低沉的声音继续吐露真相。

"察觉到櫂在看的时候，有个冰冷尖锐的感觉揪住我的心！我再也忍不下去了！那时，瞳同学伸出纤细的手臂，说'老师，你的头发乱了'……于是，我靠过去亲吻她，就像这样……"

老师用力把我扯过去，脸凑了上来。

小瞳愕然地吸气。

我猛力推开老师。

"不要这样！"

老师踉跄了几步才站稳。他看着我，神情黯淡得吓人。

"櫂呆呆地看着我们。我恨不得尽快结束，内心波涛汹涌，脸上却不动声色地对櫂微笑。我激动地想着总算可以结束了，一边冷静地说出：'你明白了吧？少碍事。'"

老师痛苦地眯起眼睛，声音也像是硬挤出来，但他说完就垮下肩膀，神情漠然。

"櫂两天后就死了。"

仿佛整个世界都冻结。

阳光、风，还有所有人都不动，像是全部冻成冰块。

小瞳依然惊愕地睁大眼睛。

只有老师仍像机械一样平静地说：

"我成功复仇了。我亲吻瞳同学的时候，心中没有半点喜悦，只有怪罪自己做出这种卑鄙行为的自责，还有被櫂勾起的强烈私心……不可原谅，我不能原谅櫂得到我没有的东西，我绝不容许他自己过得幸福，把我一个人留在寂寞之中。

"那一瞬间，我的心中只剩完完全全的自私。我不爱任何人，谁都不爱，我成了自私的集合体。"

小瞳的脸颊落下透明的水滴。

从我小学认识小瞳以来，这是我第一次看见她在人前流泪。

冷静又高傲的小瞳，櫂死掉时都没哭过的小瞳，竟然毫不掩饰地哭了！

老师慢慢转头望向小瞳。

他以漠然且残酷的眼神看着哭泣的小瞳，清楚说出：

为了满足私心，我利用了你。

小瞳挑起眉梢，显然想装出平时的冷漠视线。

但是她的表情软化了，眉梢渐渐垂下，紧咬的嘴唇颤抖不已，又变回哭脸。

小瞳心中的痛也深深刺痛我的心。

想必她不愿意哭，宁可咬着舌头忍住，却停不下了。她一定很不甘心，也很恨自己。

小瞳举起右手，挥了老师一巴掌。

清脆的声音响起，老师的眼镜掉落。

小瞳挑起眉梢，又再次垂下，然后紧咬嘴唇，哭丧着脸跑走了。

"小瞳！"

我正要去追她，却被老师喊住。

"日坂同学。"

我转过头去，见到老师一脸沉痛地看着我。

"请你不要背叛瞳同学。拜托你！我由衷地拜托你！"

他紧锁眉头，一再恳求。

我气得全身发抖。

老师明知小瞳站在旁边听！我制止了那么多次！老师却还是说出那些残酷的话来伤害小瞳！现在又何必装得那么关心她呢！

为什么要说出吻了小瞳的陈年往事？还用那么冷漠的语气说他吻小瞳完全是为了拆散她和櫂，是为了满足私心而利用她。没有比这更可恶的自白了！我还以为忍成老师真的关心小瞳！我一点都不了解老师的想法！

"既然你会这样求我，就不要伤害小瞳啊！"

我痛心地大叫，转身跑去追小瞳。

小瞳一直哭个不停。

我陪她回家以后，决定留下来住一晚。

我用手机打电话回家请求妈妈的同意，然后做了小瞳最喜欢的焗烤帮她打气。

小瞳爱吃起司，所以我放了平时的五倍分量，结果味道太重，吃完以后还有点反胃。那东西与其说是起司焗烤，更该称为焗烤起司。

小瞳默默地吃着，同时也在掉泪。

为什么小瞳会去顶楼？

她后来低着头告诉我，是忍成老师写信叫她过去。放在鞋柜里的那张纸，就是老师给她的信。

这样说来，老师早就知道小瞳会来吗？他明知如此，又故意抓着我的手，说那些话给小瞳听？

老师为什么要这样做？他不是说过小瞳就像他的妹妹吗？他也曾满怀宽裹，温柔地说希望小瞳可以代替櫂过得幸福。

全都是骗人的！

我不理解老师的行动。想起他漠然的眼神和冰冷的声音，我的心都凉了。

吃完晚餐，洗完澡换上睡衣以后，我走进小瞳的房间。

先洗好的小瞳抱着袋鼠布偶坐在床上。她低着头，把袋鼠紧紧搂在怀中，整个人缩成一团。

我回忆起小瞳在櫂死后不和任何人说话的模样，突然好难过。

老师为什么会那样做……

郁闷的情绪又涌上心头。

"久等啦，小瞳。"

我强装开朗地坐在小瞳身边。

我随口聊起早餐菜单和电视节目的内容，小瞳把脸埋在布偶里，喃喃说道："老师刚来学校当图书馆员时，也在办公室里对我说过这些话……他说榷不是我害死的。是他不希望榷和我交往，为了拆散我们才吻我……"

我觉得气血上冲，心痛如绞。

"老师太过分了，竟然说那种话。他吻你又不是你的错。"

"可是，我也背叛了榷。"

小瞳抬起泪湿的脸庞，绝望地说。

"被老师亲吻以后，我僵硬不动，没去追榷……然后老师说'对不起，请你忘记这件事'时，我完全不明白老师在想什么……榷好像受到很大的伤害，我不知道该怎么办，怕得不敢追上去。隔天榷来找我，他说不喝咖啡那时的表情也好寂寞。那明明是最后的机会，如果我追过去的话或许……可是，我还是没有动……"

小瞳泣不成声。

我抱住小瞳的肩膀，自己也快哭了。

"这不是你的错，那时你只是个初中生啊！

"在喜欢的人面前突然被很信任的人强吻，你当然会不知所措嘛，而且榷也不应该这么轻易就想不开。"

小瞳啜泣着说："不对，我都知道。我知道榷寂寞得没办法独自活下去，我也知道他不能孤单一人。可是……我还是背叛他。櫂会寻死一定是因为承受不了寂寞。他又不是为了遭人背叛才诞生在人世，可是，让他陷入孤单的就是我。"

"不是的，不是这样，小瞳……"

小瞳深深自责，很懊悔没有阻止櫂寻死。

我的胸中痛如刀割，难过地紧抱着她，一再重复："不是的，这不是你的错。"

那一晚，小瞳和我、和袋鼠睡在同一张床上。

房间里只亮着一个小电灯泡，小瞳仍在黑暗中哭泣。

"小瞳，你和櫂……本来要去看哪一部电影？"

"我不知道……"

她背对我轻轻哽咽。

"他不肯告诉我，说直到那一天都要保密……櫂如果不是人类而是树……或许会活得更幸福吧……"

"树?"

"他说，电影里有个女生说过'想变成树'。我骂他蠢，还说那是无聊的电影，害他好失望……"

小瞳没再说话，可能睡着了。

我的眼睛反而睁得更大。

有个女生说想变成树?

我知道那是什么电影了!

黄昏的单杠，雨中的人行道，早晨的校舍……温暖柔和的景象——浮现。

对了，老师说过"把世界倒过来看"，那也是树的台词。

那是我最喜欢的"单杠"那一幕。

那一幕里，饰演树的穗积里世穿着制服吊在单杠上，笑着向羽鸟说：

羽鸟，你看。这样你也颠倒过来了。

櫂圣诞夜想约小瞳去看的是《仿若晴空》……
我的心脏猛烈跳动。
可是，那部电影里没有下雪的画面啊……电影院里下雪是什么意思？啊啊，我明天一大早就要把这件事告诉心叶学长。
我想着想着就睡着了。

入睡以后，我梦见以前的事。
小学时代的小瞳长发飘逸，温和地微笑。
那时小瞳是合唱团成员，表情比现在丰富，待人也比现在亲切。她和我在一起时比较冷淡，嘴巴也很毒，但是在学校还是会适当地做做样子。
小瞳笑起来的模样真的好可爱呢。
小学六年级时的合唱团圣诞节公演中，小瞳扮演圣母玛丽亚的角色。在舞台中央微笑着唱歌的小瞳比谁都抢眼，我好想对全世界炫耀她是我的朋友。
我望着小瞳，但她的表情突然变得好冷漠，又变成短发，撑着脸颊坐在椅子上。
这是初中一年级的小瞳吗？只见同学们在一旁愉快地聊天，只有小瞳一个人嘴巴紧闭，板着一张脸。
我也变成初中生，走进小瞳的教室。

"小瞳，我告诉你喔！刚才上课时，教数学的田村老师连续打了十个喷嚏，因为河边同学在黑板擦儿上洒了胡椒粉。他之所以那样做是因为……"

我蹲在小瞳的面前，下巴靠在桌上，啰里啰唆地讲个不停。

小瞳不高兴地扭过脸。

"吵死了。你干吗天天来啊？连我早上散步时你都要跟。"

"因为我很想见你嘛。"

"我不会再跟任何人说话了，对你也是。"

"可是，你现在就在跟我说话啊。"

我已有两个月没听过小瞳的声音。小瞳看我这么开心，不禁愣了一下。

"我不会再开口，绝对不会！你别再来找我！"

小瞳转开了头，我仍笑嘻嘻地说："我要来！我每天都要来！如果你不说话，我就连你的份一起说。"

小瞳的表情变得更生气。

"我不是你想象的那种人。或许你觉得我变了，不过这就是真正的我，真正的冬柴瞳。我本来就是个刻薄冷漠的人。"

"我听不太懂……"

我歪着头说，然后笑了笑。

"小瞳就是小瞳啊。"

小瞳惊讶地张大眼睛。

她的双眼逐渐湿润，表情也渐渐软化。然后她转开了脸，不想让我看见。

但是，我们那天还是手牵着手一起回家。

我被敲在窗上的雨声吵醒时，发现有人压在我身上。

"小瞳，好重喔……"

我还以为小瞳的睡相应该很好呢。

她压在我身上，头靠在我的胸前，像是隔着棉被抱住我。

我呻吟着推开小瞳爬起来。

这时，我才发现异状。

小瞳上床睡觉时穿的是蓝色睡衣，现在却变成了长外套，里面是合身的毛衣和长裤，脚上还穿着鞋子。

她为什么穿着外出的衣服？而且头发、衣服和鞋子全都湿了！

我摸摸小瞳的脸颊，发现她冷得像冰。

地上躺着一个瓶子，里面掉出药片，我一看就僵住了。

这……这是什么药？小瞳吃了这个药吗？

"小瞳，振作一点啊！小瞳！小瞳！"

无论我怎么呼喊，小瞳还是脸色苍白地双眼紧闭。

少碍事——这是绝对不能说出口的诅咒。

那一瞬间，我的心好像脱离身体。

勉强联系着现实世界的纽带断裂了。

少碍事。

少碍事。

少碍事。

那时，他有着怎样的心情?

是不是和我一样……不，是感到比我更强烈的绝望痛苦吗?

在那一刻，我们的关系结束了，世界逐渐远去。

啊啊，这个地方实在太寂寞了。

第五章
对他犯下的罪

"心叶学长！小瞳不好了！"

"日坂同学，你冷静一点。"

在医院走廊上，我抓着心叶学长大喊。

他在雨中赶过来，头发都湿了，外套上也沾满水滴。

我早上发现小瞳穿着一身湿衣服倒在床上，吓得心脏差点停止，急忙打电话叫救护车。

我一起跟到医院，途中就打电话联络心叶学长。我整个人六神无主，在电话里哭着向心叶学长说小瞳吃了药，目前还在昏迷。

见到心叶学长后，我又开始泪流不止，一股脑儿说出小瞳吃的似乎是安眠药，还说昨天顶楼发生的事让小瞳受到极大的打击。

要是不拼命说话，我可能会被不安压垮。

我睡着的时候小瞳去了哪里？她出去做了什么？为什么一口气吃下那么多药？难道想自杀？

"如……如果我多注意一点就不会发生这种事……小瞳的家人都在国外，现在联络不上，如果小瞳死掉该怎么办啊！"

心叶学长紧握我的双手，凝视着我说：

"没事的，日坂同学，冬柴同学只是吃了安眠药，不会那么简单就死掉，她一定会醒过来。"

心叶学长极力说着"没事的、没事的",暖意从他手上传来。即使如此,我还是怕得胸口发疼,喉咙发胀,一直哭泣。

后来听到医生说小瞳没有生命危险,醒来就可以回家。我的腿都软了,只能靠心叶学长支撑。

"太好了……"

不过,小瞳痛苦到吃下大量安眠药的事实还是没有改变。

非要解决小瞳的问题不可。

"我要留在医院等小瞳醒来。"

"那我也陪你等吧。"

心叶学长体贴地说。

我在医院的会客室里啜饮心叶学长从自动贩卖机买来的热可可,继续叙述昨天的事。心叶学长倾听的时候,一直把食指贴在嘴唇上沉思。

当我说到櫂要带小瞳去看的电影是《仿若晴空》时,他吃惊地抖了一下。

"这样啊。"

心叶学长垂下眼帘。

"日坂同学,老师上次送你的甜甜圈……"

不知怎的,他突然提起不相干的事。

"大概是豆腐渣做的。"

然后,他又沉默不语。

我没心情开口附和,时间慢慢流逝,已经快到中午。

"小瞳不知道醒来了没有?"

"我们去看看吧。"

"嗯……"

我和心叶学长一起走向小瞳的病房。

我有点害怕见到小瞳。我该摆出什么表情？该对她说些什么？

每踏出一步，胸口就更郁闷。

这时，后面有人叫我。

"日坂同学！"

是忍成老师。

他顶着一头乱发，神情焦急气喘吁吁地跑来。

"瞳同学……瞳同学怎么了？"

"老师为什么会来医院？"

"是我通知的。"

心叶学长平静地说。

"老师听到留言了吧？冬柴同学很快就可以出院。至于她吃安眠药的理由，还得问她本人才知道。"

老师咬着嘴唇，满面愁容。他从外套口袋里掏出皱巴巴的信封，嘶哑地说：

"我今天早上在信箱里找到这个，是瞳同学送来的。没想到她后来就……"

他紧握信封，肩膀颤抖，脸部抽搐，眼睛红肿充血，满头大汗，头发也被雨淋得湿答答。

小瞳去过老师家吗？

老师跪在地上，好像失去所有力量，再也站不起来似的低着头大喊：

"为什么！为什么瞳同学要这样折磨自己？逼死榷的明明是我啊！"

他发出悲痛的声音。

那是恸哭。

颤抖的肩膀，颤抖的手臂，颤抖的拳头，苍白的脸颊，贴在额头上的乱发……老师的伤痛和绝望割划着我的心。

充斥着药品味道的走廊响起黑暗绝望的声音。

"瞳同学对榷很专情，榷也喜欢瞳同学，他们两人的感情是那么纯粹洁净……是我夺走了一切！夺走瞳同学和榷的一切！瞳同学本来可以成为榷的依靠啊！"

他夺走了一切……基于丑陋的自私，亲手夺走一切。

就像《心》的老师一样，无尽的后悔和悲叹令忍成老师受尽折磨。

老师已经顾不得自己身在医院，眼中好像已经看不见我们。他太过自责，意识错乱，颤抖不停，呼吸混乱，语气之中含有可怕的狂热。

"瞳同学本来可以为榷洒下雪花啊！"

这时，有个人粗暴地推开病房的门。

"不对！我才不专情，也不纯净！"

穿着病人服的小瞳打着赤脚跑出来。

"能为他洒下雪花的不是我！他的世界里只有老师一个人啊！所以我才会嫉妒到失去理智！"

她气得挑起眉梢，眼睛痛苦地眯细，沉重地喘着气说话。我看到她快要摔倒，心急地叫着她的名字冲过去。

"别过来！"

小瞳严厉地大喊，同时攀住门扉。

"老……老师以为櫂喜欢我，其实他对我没有半点好感！他的视线一直追随着老师，我们两人在一起时，他也一直想着老师！櫂的心里只有老师啊！我一步也进不了他的世界！"

老师脸色发青地说：

"瞳同学，你误会了，我和櫂的关系就像看着镜中的自己。"

小瞳露出哭泣的表情，像个孩子般用力摇头说：

"老师才误会了！櫂第一次见到我就凶狠地瞪我，因为他不高兴看到我和老师走在一起，他嫉妒我们。那天老师不是也很担心我和他坚决不交谈吗？"

小瞳呻吟似的说，櫂的态度令她不得不生气。

櫂明明是男生却长得像女生一样秀气，左耳还戴着十字架耳环，制服穿得很邋遢，眼神冷淡得有如拒人于千里之外，这一切都让小瞳很反感。

几天后，小瞳在自己家附近遇到櫂，她立刻猜到櫂是专程来刺探敌情。

她直截了当地问"你担心我会把老师抢走吗"。櫂没有回答，好像受到打击。

"我最讨厌櫂了。我会和他走得那么近，只是因为我知道他的秘密。我知道他……喜欢老师。"

老师睁大眼睛，吸了一口气。

小瞳咬着嘴唇，撇开视线。

"我一直利用这件事伤害櫂，因为我看不惯那种注定失败的爱情。我经常对他说'老师不可能属于你。他已经有未婚妻了，一定会选择女性。等到他和那个歇斯底里的未婚妻结婚，你就要被赶出去了'……可是，櫂只能找我谈老师的事。不管我再恶劣，他也只能和我在一起。

"我明知这点，却一直故意伤害他。我很讨厌他整颗心想的都是老师，讨厌得要命，老是讲话刺激他！"

小瞳僵硬的脸颊落下泪珠，紧咬的嘴唇、死抓着门的手指都好苍白。

她是以怎样的心情说出实情？是怎样的心情令她不得不去伤害櫂？

我感觉小瞳的心淌着鲜血发出悲鸣，自己也跟着喉咙梗塞，呼吸困难，忍不住难过地按住胸口。

老师哑然无语，愣在原地不动。

心叶学长一脸忧郁地听着小瞳的告白。

小瞳猛然抬头，咬紧牙关。

"我对櫂说，《心》里面的 K 爱的八成是老师。櫂说自己不想当 K，而是'我'，拼命掩饰他对老师的爱慕之情。我听了很不高兴，更觉得他非常珍惜自己对老师抱持的情感，更想敲碎他的'心'。我压抑不了自己的冲动，好想彻底破坏櫂对老师的感情。所以，那一天我引诱了老师……"

小瞳的声音如同冰块落在我们的心上。

老师一脸震惊。

"瞳同学，你在说什么啊……那明明是我……"

小瞳的眼中充满怯懦和痛苦，打断老师的话。

"不是的，不是老师强吻我，是我故意引诱老师这么做。"

老师方寸大乱，我也惊讶地屏息。

"怎么会呢？那时候我是刻意坐到你身边的。"

"可是，我也没退开啊。我不是还盯着老师，稍微张开了嘴吗？我不是主动靠过去，伸手拨老师的头发吗？其实老师的头发没有乱，那是故意的。"

"我知道老师想亲我，也知道櫂正在看。我想打碎他的心，所以自己也期望事情那样发展。我是故意让老师亲我的！"

悲痛的声音传来。

老师的口中发出不成声的呻吟。

小瞳为什么会那么痛苦、那么自责？

原来还有这种隐情！

原来小瞳对櫂犯下了罪！

我绝不原谅背叛櫂的人！

小瞳曾怒气腾腾地如此吼叫……其实，她说的就是自己。

那句反复提起的"绝不原谅"，那份憎恨、厌恶，都是针对她自己！

小瞳断断续续地说：

"櫂没有变成'我'，而是像 K 一样死掉了。他死前一天带着很多耳环来找我。他只有左耳戴耳环，但每种都做一对，就是因为想把另一个送给老师，他把象征这份爱意的耳环全部拿来我这里。"

小瞳抓紧门扉，手指苍白冰冷得有如冰柱。她低头缩着身体，仿佛随时会消失。

"隔天……我去了老师的公寓。因为我想向櫂道歉……

"我开门叫他，但怎么叫都没人回应。我直接走进去……然后看见櫂躺在地上，胸口流血。他手边的雪都染红了。结果，我把雪带走了。"

我还是搞不懂红色的雪到底是指什么，但是小瞳低垂的脸庞，眼中的阴影，嘶哑的声音，都清楚表现出她的罪恶感。

老师还没发现櫂的遗体时，小瞳已去过他家了吗？她亲眼看到血流如注的櫂，趴在榻榻米上一动也不动吗？

小瞳抬起头来，激动地说："和老师重逢时，老师竟然还说这不是我害的，我听得几乎崩溃。因为真的是我害的啊！我心想，一定要把我从櫂那里抢走的东西全部还给老师，所以我要帮櫂做他想做的事。"

"冬柴同学……因此你假扮成櫂，把耳环装进信封送到老师的办公室吗？"

心叶学长的表情哀伤，静静地说。

小瞳僵直地点头。

"……我本来想把制服还给他，可是没办法还了……所以一直放在衣柜。老师说他不爱任何人，櫂一定是打击最大的一个，因为他是那样地深爱着老师。"

老师痛苦地皱眉。

送信去大学，在中庭和老师相拥，在公寓门口咬老师的耳朵又拿刀割伤他的人，全都是穿着櫂那套制服的小瞳。

她咬老师的耳朵，是因为希望老师收下成对耳环的其中一个吗？

她割伤老师，是要让老师知道櫂感受到的伤痛吗？

老师看着小瞳这个样子会是什么感受？

看到小瞳因为太思念櫂而失常，一定让他很痛心吧？

大概是闹鬼吧。

老师对我和珠子小姐这么说的时候，表情非常落寞。

"我希望老师明白櫂的心情……虽然他说不出口，但他一直爱着老师，老师就是櫂的一切。"

小瞳每说一句话，老师眼中的苦恼就变得更浓厚。

"可是，送信去水族馆的人不是我。"

"那是我安排的。"

小瞳吃惊地望向心叶学长，我和忍成老师也睁大眼睛。

心叶学长平静地说：

"是我请琴吹同学穿着男装去广播找老师。"

竟然是七濑学姐！

对了……昨天在图书馆遇到七濑学姐时，她一副欲言又止的样子。一见到我，她的脸都红了。原来不是因为担心小瞳和心叶学长的关系啊！

心叶学长很内疚地向茫然的小瞳道歉。

"吓到你真的很抱歉。我只是担心你把自己当成櫂，希望你能发现自己和櫂是不同的人。我听日坂同学说老师家有很多耳环，所以猜到你可能陷入混乱之中。"

小瞳无助地皱起脸孔。

"可……可是除了我以外，没有人能帮櫂表达他的心意啊！

"我要把耳环还给老师，最后也要……把雪还回去。我趁菜乃睡着的时候去老师的公寓，把信放进信箱……

"回家以后，我伤心寂寞得睡不着，所以一口气吃下很多安眠药。我本来就有吃安眠药的习惯，这次不是打算寻死，只是想睡得安稳一点。"

我的心脏痛如刀割。原来我也是在折磨小瞳。

我抱着哭泣的小瞳不停地说那不是她的错，一定害她更加内疚。

虽然我以为自己了解小瞳，却看不出真正在折磨小瞳的是什么。

我没有发现哭着说自己背叛櫂的小瞳真正的想法。

小瞳对櫂和老师充满罪恶感，甚至差点因此死掉啊！

我不是你想象的那种人。或许你觉得我变了，不过这就是真正的我，真正的冬柴瞳。我本来就是个刻薄冷漠的人。

想起小瞳在櫂死了以后板着脸对我说的话，我整颗心都沉下去。这三年之中，小瞳没有再留长头发，也没有再笑过，一定是在自我惩罚。

小瞳颤抖地抓着门，眼睛泛红，咬紧牙关，努力地撑住自己。

忍成老师打开被雨水泡皱的信封，一对雪花结晶形状的耳环掉在地上。

小瞳带走的染红雪花……血迹已经被擦掉了。

小瞳的眼眶湿润，慢慢蹲下身捡起耳环，放在老师的手心。

"櫂唯一没交给我的就是这对雪花，他想要留给老师。

"櫂死前一定紧握着这对耳环。

"但我连这个都抢走了，一直藏到今天。让他想要洒下雪花的人是老师。他想约去看电影的人也不是我，而是老师。

　　"圣诞夜一周前，他浑身湿透地站在我家门前，说老师和未婚妻去约会还没回来。他进我家以后还是低着头，小声地说话……"

　　小瞳含泪叙述他们当时的对话。

　　"圣诞夜……你打算干吗？"

　　"还没决定。你呢？"

　　"我想和良介……去看电影。"

　　"电影？你已经约了老师吗？"

　　"……"

　　"是怎样的电影？"

　　"有个女孩说……想变成树。"

　　"蠢死了，老师才不想看那种无聊的电影。"

　　櫂落寞地不发一语，小瞳就不悦地说：

　　"那我陪你去吧。"

　　"我一想到老师和櫂圣诞夜要去看电影就很不舒服，没办法忍受，所以硬要和他一起去。"

　　脸色苍白保持沉默的忍成老师抗议似的大叫：

　　"不是这样！你的误会太大了，櫂一开始就是想约你去看电影，他对我说过'不知道瞳圣诞夜想不想看电影'……"

　　小瞳露出不敢置信的表情，老师仍坚持这是真的，当时的对话他还记得很清楚。

"我想要挑拨櫂和瞳同学的感情，所以装出成熟体贴的态度，告诉他：'这么做不太好吧，瞳同学好像讨厌人多的地方。'他听了就失望地低头不说话。"

"你想约瞳同学去看电影吗？"

"她或许不太方便，听说她和日坂同学那天有约了。"

"良介……圣诞夜你有空吗？"

"有啊。是怎样的电影呢？"

"有一幕从单杠上拍的画面好漂亮，世界整个翻转一圈。"

老师说完以后，小瞳也大叫：

"不是的！老师又在说谎了！老师是因为不想让我自责，才故意把责任揽在自己身上！是我害死櫂，是我背叛他，这是事实！"

"我没有说谎，櫂真的喜欢你。是我拆散了你们，他才会自杀。是我害死他的。"

我再也没办法保持沉默。

"等一下！櫂问过我圣诞夜是不是要和小瞳出去，所以，他想约去看电影的应该是小瞳吧？"

"怎么连你也在胡说啊！"

小瞳凶狠地瞪着我，老师焦急地说：

"你连日坂同学都不相信？櫂真的想和你去看电影。"

到底是怎么回事？櫂究竟打算约谁去看电影？

心叶学长插嘴说：

"你们各说各话，就像两条平行线。我认为老师和冬柴同学的心都被罪恶感束缚，所以看不见真相。櫂究竟为什么会死？我们来找出真相，试着解读櫂的"心'吧。"

如果灭掉生命之火，迎向终结，是不是不会再寂寞？
但是，我现在真的好寂寞。

那场雪已经消失了。

我发觉所有愿望都只是一厢情愿的幻想，好无助。
好像体内有个寒冷的冰块。
又冷又寂寞，令我难以承受。
K和老师的寂寞就像这样吗？
老师死了以后，继续活着的夫人和"我"也很寂寞吧？
以后那两人要怎么活下去呢？

第六章
如果我的心能相信你

　　两天后的放学时间，心叶学长把我们叫去学校的视听教室。

　　教室里的布幕都拉上，暗得像电影院，前方设置了大荧幕。

　　心叶学长想在这里做什么呢？

　　小瞳和忍成老师惶惶不安沉默不语，他们不看彼此，也不交谈，坐得离对方很远。

　　我在小瞳的身边坐下，心情忐忑地看着心叶学长的行动。

　　荧幕前面有些许微弱的光芒。

　　心叶学长站在前方，沉稳地对我们说：

　　"今天劳烦各位前来，真是感谢。我们先从夏目漱石的《心》谈起吧。

　　"日本最具代表性的文豪夏目漱石所写的这部小说，暴露了人性中近乎残酷的自私。书中的'老师'因为和叔叔反目，变得无法相信别人，但他还是拥有一般常识，懂得如何和人相处，是个聪明认真的人物。后来老师和好朋友 K 和小姐演变成三角关系，结果他的自私行为害死了 K。

　　"老师对 K 充满嫉妒和不安，只好先下手为强，所以他愧对 K，说不出自己和小姐已经订下婚约，K 死了以后他更摆脱不了罪恶感，这些都是深深吸引读者，能够令人认同的写实情节。老师绝对不是心理状态失衡或精神异常的坏人，而是个善良的平凡人。"

忍成老师稍微皱起眉头，显得一脸疑惑，大概是因为搞不懂心叶学长为什么要谈《心》的内容。

小瞳也是表情僵硬地听着心叶学长说话。

"K比老师更不擅长交际，也不太和别人往来，是个既消极又固执的人。他热爱宗教和哲学，常常提到'精进'一词。他在寺庙长大，被医生收为养子，却不想当医生，所以被赶出家门。老师将手头拮据的K带回来同住，因此K认识了小姐，也爱上她。忍成老师、冬柴同学和櫂三人的关系，就像《心》的老师、小姐和K。那么，和K立场相同的櫂又是怎样的个性呢？"

心叶学长看看紧张的忍成老师和小瞳，停顿一下才继续说：

"櫂和K一样，是个不擅长交际的少年。他用冰冷的表情、漠然的态度，还有左耳戴的耳环来武装自己，让别人不敢靠近。学校老师要求他拿下耳环时，他还推开老师说'任何人都别想碰我'。

"为什么櫂会如此抗拒别人的触碰？

"听说櫂对社团学长说过'因为我看过一个人死去'、'或许我的基因在那时已经改变，变成人类以外的生物'。"

忍成老师猛然一颤。

镜片底下的眼睛显出了惊慌，他用纤细的手指僵硬地推推眼镜，像是在掩饰。

心叶学长又说：

"櫂是什么时候看到别人死去的呢？他的父母在他十二岁时因交通意外而过世，他当时并不在场。后来，櫂和忍成老师一起住。不过在这之前，还有另一个人收留过他，和他相处了一周左右。"

忍成老师又晃动一下。

"井上同学……"

心叶学长直视着想要打断他说话的老师，果决地说：

"我问过老师的未婚妻珠子小姐。听说榉被老师收留之前，是和老师的叔叔忍成耿介一起住的。不过，耿介先生在收留榉的一周后就死了。"

"井上同学，请你别再……"

"耿介先生的死因是摔下楼梯导致颈骨骨折。当时在场的是初中一年级的榉，还有你，忍成老师。"

小瞳担忧地看着老师，我的胸中也笼罩着一片浓厚的黑雾。

老师似乎有意隐瞒，他垂下眼帘呻吟着说：

"那是意外……叔叔只是不小心跌倒摔下楼。我到叔叔家时，榉恍惚地站在叔叔身边，那时叔叔已经没救了。对，那是意外。"

老师嘶哑地一再说着"意外"二字。他满头大汗，腿上交握的手还轻轻颤抖。

七周年法会就是为这个叔叔举办的吗？老师的叔叔真的是意外过世吗？

我努力叫自己别再多想，但心中的疑惑不安还是无法抹去，小瞳也忧虑地看着老师。

难道是榉把叔叔……

"那是意外。"

一直低着头的老师又严肃地说一次。

心叶学长平静地说：

"是啊，珠子小姐也说耿介叔叔的死是一件不幸的意外。"

老师低头皱紧眉头。

"可是，这件事确实影响了櫂的心，令他更接近死亡。此外，一起见到叔叔死去，也导致你们的联系变得更紧密。老师和櫂共度的生活是不是每天都很宁静安详？简直像是和另一个自己住在一起……所以你们不在乎其他人，至少櫂觉得老师就是他的一切。这个情况持续到他初中二年级，直到老师当了冬柴同学的家庭教师，让他认识冬柴同学为止……"

这次换成小瞳吓到了，她露出怯懦的眼神。

"櫂开始改变。如同太太和小姐的温柔体贴，让K敞开顽固的心胸。不过就是因为这样，才会发生和《心》一样的悲剧。他看见忍成老师和冬柴同学亲吻的场面，两天后就自杀了。"

小瞳脸色发青，紧握双手。忍成老师转开头，后悔不已地说："……我收留櫂的时候对他说过，'我绝对不会抛下你，跟我一起走吧，我需要你'……对，我无法相信别人，所以需要另一个自己。可是，当另一个自己违背我的心意时，我就舍弃了他。造成这场悲剧的元凶就是我。"

我都知道。我知道櫂寂寞得没办法独自活下去，我也知道他不能孤单一人。

小瞳哭着说过的话冷冷地在我耳中响起，我难过到喉咙缩紧。

我不知道老师叔叔真正的死因。

可是，櫂亲眼目睹死亡以后，就已经处在人世的边缘。他的立足之地危险到只要一点契机就会倾向死亡。

所以小瞳和老师都非常自责，表情痛苦得像是无法呼吸。

都是因为自己背叛櫂，才害得他走向死亡！

"忍成老师，你来我们学校是为了扛下所有罪过吧？你想用这种方式来结束这个故事吗？"

心叶学长流露清澈的眼神说。

"在图书馆第一次见面时，冬柴同学用冷淡的眼神看你。那时你已经向冬柴同学承认自己的罪过，但冬柴同学不接受你的说辞。你似乎对冬柴同学说过：'都是因为我这个监护人的背叛，櫂才会绝望地自杀，这不是你害的。我明年就要出国了，所以想先对你忏悔。后来，你在顶楼又伤害了冬柴同学。"

"为了消除冬柴同学的罪恶感，你一再强调自己嫉妒櫂。还说这不是出于爱，自己不爱任何人。你希望冬柴同学别再把你当成害死櫂的'共犯'，而是把你当成害死了櫂后又把她这个单纯少女扯进来的罪人。所以，你故意让冬柴同学恨你。"

听到心叶学长这番话，我的心都揪起来。

我现在才明白为什么老师要在小瞳面前说出那么恶劣的话。

正如小瞳这三年来的痛苦，老师也同样活在痛苦之中。他希望能弥补小瞳。

"冬柴同学以櫂的身份去找你时，你也当她是在为櫂报仇，因而坦然接受，结果反而让冬柴同学更加自责。因为冬柴同学认为櫂深爱着你，是她伤害了櫂，妨碍了他对你的感情。"

没错，所以老师那句"不是你害的"把小瞳伤得更深。

老师每次说他不爱櫂，说他只是愚蠢地嫉妒自己的分身，都是在伤害小瞳。这些话割裂、贯穿、击碎了她的心，让她得不到解脱。

　　"冬柴同学扮成櫂不是要帮櫂报仇，而是觉得自己有义务帮櫂表达心意。冬柴同学拉住刚好经过的我，说她和我正在交往。这也是为了告诉你，她和櫂的事情已经过去，希望你别再继续自责。"

　　小瞳一直低头咬着嘴唇，老师也难过地眯起眼睛。

　　两人懊悔的心情，还有他们死命让对方脱离罪恶感的心情，都感染了我。

　　我觉得好难过。

　　为什么他们总是得不到交集呢？

　　"你们在那时已经迷失了。你们都觉得是自己抢走櫂的所爱，因此深深自责，受困于没有出口的迷宫。

　　"然而，事实究竟是什么？

　　"櫂的心到底在谁的身上？他是因为谁的背叛而死？"

　　老师和小瞳都满怀期盼地看着心叶学长。

　　仿佛只要知道这一点，就能找到线索，逃出这个漆黑的迷宫……

　　"我们无法从櫂的口中得到答案，正如《心》的读者无法得知 K 为什么自杀。是因为老师的背叛？还是失去了小姐？或者像老师说的那样，是因为承受不了孤单一人的寂寞？读者虽然无法得知，但是可以'想象'！"

　　心叶学长以理智的语气断言。

　　"櫂爱的是老师还是冬柴同学？他打算约谁去看电影？我们只能由櫂留下的东西，诚恳而又努力地去想象他的心。"

　　"櫂想约谁去看电影呢？"

小瞳胆怯地问，老师也僵硬地看着心叶学长。他们期待听到答案，又感到畏惧。

是谁抢走櫂重要的人？

是谁该背负害死櫂的罪？

在这冰冷紧张的气氛之中，心叶学长静静地说：

"先来整理一下櫂对你们说过的话吧。

"首先是櫂问过忍成老师的话。'不知道瞳圣诞夜想不想看电影'，这一定是在邀请冬柴同学之前说的。

"接着是他和冬柴同学的对话，'圣诞夜你打算干吗'、'我想和良介去看电影'、'老师才不想看那种无聊的电影'。这时他已经决定找老师去看电影，可是又约了冬柴同学。"

小瞳似乎承受不了紧张的压力，大叫着：

"是我强迫他的！他什么都没说！他本来只打算和老师一起去看电影……"

心叶学长温和地制止她说下去。

"不对，櫂也向日坂同学问过你那天是不是有约。他问'圣诞夜你要和瞳出去吗'，这应该是在老师说了'她和日坂同学那天有约'之后。如果他不打算约冬柴同学，就不会专程去确认。所以，我想他本来就打算三个人一起去看电影。"

小瞳睁大眼睛，忍成老师也愣愣地反问：

"三个人……"

心叶学长严肃地点头。

"是的，这是最有可能的答案。

总是独自看电影的櫂，希望三个人一起去看电影，这一定有某种理由。为什么一定要三个人去看呢？他想让你们两人看什么呢？櫂留下的提示是'想变成树的女孩'和'电影院里下雪'，那段期间上映的电影只有这一部符合这些条件。"

心叶学长开始操作手边的机器。

荧幕中出现一片蓝天。

白色的标题字样浮现。

《仿若晴空》

那是我在电影院银幕和DVD看过好几次的片名。

不过，这部电影里没有下雪的画面啊……

"这是櫂要让你们看的东西，我们一起来看吧。"

电影在阴暗得有如夜晚的教室里开始播放。

钢琴悠扬的旋律。

初中的男孩和女孩。

只有两个人在教室的清晨。

男孩坐在窗边，叙述自己写的故事。女孩靠在桌上，用手托着下巴，露出小狗一样率直的眼神，愉快地听他说话。

男孩叫做羽鸟，女孩叫做树。

两人是感情融洽的青梅竹马。羽鸟想要当小说家，树也很支持他。

树非常喜欢羽鸟，只要在他身边，树的世界就充满绚烂的光辉。

我已经看过这部电影好多次，但爱慕羽鸟的树其幸福的眼神还是令我好感动。

羽鸟对树微笑时，树也会开心地露出满脸笑容。如同加了蜂蜜的柠檬，让人有一种酸酸甜甜的感觉。

好美的情景。

相爱的两人。

还有我最喜欢的单杠那一幕。

饰演树的穗积里世穿着制服，在橘色的夕阳下吊单杠。

她倒挂在单杠上向羽鸟叫着：

羽鸟，你看。这样你也颠倒过来了。

羽鸟走向树，像只灵巧的猫咪般露出淘气的笑容，把脸凑过去。他不是要吻她，而是用手指轻轻点了吃惊的树的嘴唇。

树满脸通红，差点摔下单杠。

在清爽的夏日风景中，两人累积着日常生活的点点滴滴。

小瞳和忍成老师都投入地看着荧幕。

他们同样痛苦地皱眉，紧握着手，看到温馨的画面也没有笑，好像快喘不过气。

即使如此，他们还是目不转睛地看着荧幕。

櫂为什么想在圣诞夜看这部电影？

就像心叶学长所说，櫂真的打算找忍成老师和小瞳一起去看电影吗？櫂提过"会下雪"的电影真的是这部吗？

心叶学长站在荧幕旁，脸庞随着画面变亮或变暗。他以悲伤的眼神望着远方。

心叶学长在想什么呢？

快要演到树说出那句台词的部分了。

某个星期日的上午，两人相约出游。天空晴朗湛蓝，市区的广场上有一棵大树。羽鸟迟迟不来，所以树等得非常不安。

他们前一天才吵过架，树很担心羽鸟不来，等到都快哭了。她的一双大眼睛盈满泪水，无精打采地低着头。

后面突然伸来一双手遮住树的眼睛，她吓得猛然一抖。

羽鸟轻声问道：

"我问你，你长大以后想做什么？"

这个突如其来的问题让树慌了手脚。

"呃……我想变成树。"

羽鸟发出"噗"的一声，捧着肚子大笑。

树很不好意思。

羽鸟露出怜爱的眼神，朝树伸出手。

树害羞地握起他的手，两人手牵手走进人潮中。

行人熙来攘往。

画面上出现一个戴耳环的少年，帽子压得很低。

只占了画面一角的小小人影。

那是……

忍成老师和小瞳都倾出上身。

那个人影一闪而过，照理来说谁也不会注意到，就算看到也会立刻忘记。

画面停止了，大概是心叶学长按下暂停。戴帽子的少年越变越大，最后整个荧幕都是他模糊的影像，接着用慢动作继续播放。

少年朝着镜头缓缓地扬起嘴角。

他确实在笑——那是和爱慕羽鸟的树比起来，毫不逊色的幸福微笑。

挂在少年两耳上的雪花耳环轻轻摇晃。

是樱!

我忍不住在心中大叫。

小瞳用双手捂住嘴,老师扶着眼镜。

心叶学长取消慢动作播放和特写功能,恢复成原本的画面。

樱离开了,镜头拍着手牵手走在人群中的羽鸟和树的背影。

羽鸟走在前面,树努力地跟着。

这时,白蒙蒙的东西翩然落在两人的头上。

湛蓝天空落下柔软的白色羽毛,就像下起了雪。

不可能出现的雪花从蓝天缓缓飘落。

镜头朝两人相握的手拉近。

飞舞在四周的是洁白的赠礼。

樱的"心"……

忍成老师掏掏口袋,摊开手掌。

一对雪花状的耳环在他的手中闪闪发光,和樱在电影里戴的
那对一样。

画面中再次出现两人的背影。

人影在纯白羽毛的围绕之下渐渐变小,剧终。

忍成老师茫然地望着手中的耳环,小瞳则眼睛红红地看着
荧幕。

心叶学长走到荧幕前方。

"樱生前对你们说过,如果他能由衷信任别人就笑得出来了,

而且会像'剪刀手爱德华'一样洒下雪花……

"答案就是这部电影。

"櫂在电影拍摄现场打工当临时演员，留下了讯息。"

小瞳快要哭了。

忍成老师浑身颤抖，脸孔扭曲，紧紧握住耳环。

心叶学长说：

"櫂的讯息是要留给谁呢？"

两人同时猛然一抖。

心叶学长轻声问道：

"是忍成老师？还是冬柴同学？"

然后，他以肯定的语气说：

"这讯息不是留给你们其中的一人，而是同时留给你们两个人。他不想独占老师，也不想独占冬柴同学，他想同时和你们两人在一起。櫂不是说过想当《心》里面的'我'吗？为什么是'我'，而不是 K 或小姐呢？因为能和老师以及小姐同时在一起的只有'我'。

"这是我从櫂留下的讯息里'想象'出来的。"

我想起櫂占满整个荧幕的笑容。

稍微扬起薄唇的害羞微笑。

挂在耳垂摇晃的可爱雪花结晶。

这笑容让我想起只在三年前讲过一次话的櫂，那个红着脸问我圣诞夜是不是要和小瞳出去的男孩。

他听到我否认之后，仍然担忧地再次确认"真的吗"，我点头说"嗯"，他才放心地对我说"谢谢"。

那一刻的櫂，如今仍在我心中的荧幕上笑得无比灿烂。

想要成为"我"的櫂。

在他看来,"老师"就是忍成老师,"小姐"则是小瞳。

我也非常赞成心叶学长的想象,觉得櫂同样重视忍成老师和小瞳。

所以他约两人圣诞夜时去看电影,希望他们收下他的讯息。

他想告诉这两人,只要和他们在一起,他就能笑得这么开怀。这是櫂努力为他们准备的礼物。他左右两耳都戴上耳环,洒下纯白的雪花。

心叶学长的声音在安静的教室里轻缓地回荡。

"我不觉得櫂恨你们,也不认为有所谓的背叛,你们认定的'罪过'并不存在。这不是谁对谁错的问题,所以,你们哪个人都不该单方面背负害死櫂的责任。就算真的要背负责任,也该是你们两人一起背。"

画面中的男孩和女孩紧紧牵着手。

洁白的羽毛、洁白的雪花落在两人身上。

我身旁的小瞳默默地掉泪。

櫂已经不在了。

这个突然突显的事实刺伤了她不再武装的心。她无法回避,也无法招架。

事实就是期望和他们两人在一起的櫂,因为那一天的排挤而寂寞得走上绝路。

少碍事。

言语的利箭已经离弦。

忍成老师的双手紧握耳环，按在头上。

如槁木死灰般的声音从他的口中流出。

"要怎么背负？櫂已经死了，一切都没办法挽回。"

哭着凝视画面的小瞳吃惊地转过头。

她看见老师有如沉入绝望的湖底，脸色瞬间变得煞白，嘴唇和肩膀都在颤抖。

老师的悔恨也是小瞳必须背负的悔恨。

老师那句"无法挽回"的呻吟也是束缚着小瞳的咒语。

他以低沉沙哑的声音说：

"《心》的老师忍受着煎熬，在后悔和绝望中苟且偷生……最后还是只能寻死……所以我还是死了比较好吧……"

小瞳像是承受着酷刑，睁大眼睛，全身僵硬。

绝不原谅——老师的这番话也把罪孽烙印在小瞳的心上。

老师又像顶楼那次一样。

他当时是故意说出那些话，现在却又无心地做出同样的事。

他又伤害了小瞳！

我感觉喉咙到头顶都热得像火烧，忍不住站起来大喊：

"胡说什么啊！别再把漱石的《心》拿来当借口！"

老师抬起头，小瞳和心叶学长也惊讶地看着我。

我粗鲁地走上前，气势汹汹地站在老师面前。

老师憔悴得简直像是老了一百岁。他坐在椅子上，充满苦恼的软弱双眼从镜片底下仰望着我。

我凶狠地瞪着他的眼睛，释放出心底涌上的愤怒。

"櫂想要当'我'，不只是因为他希望和小瞳、老师在一起，也是因为他希望能更了解'老师'啊！他想当'老师'有烦恼的时候会第一个倾诉、第一个求助的人啊！"

我很能理解老师说出"无法挽回"的绝望心情。

櫂对老师敞开心房，留下讯息，老师却让櫂孤单死去，当然会后悔绝望。

这份痛苦想必会一辈子延续下去。就像《心》的老师，忍成老师也得在无尽的黑暗里和痛苦自责不断奋战。

但是，櫂绝对不希望老师就这么陷入恐惧和折磨之中！他希望的不是这样！

他曾经笑得那样幸福。即使受到老师的背叛而寂寞地死去，他也不可能有这么残酷的期望！

"K或许也在等着'老师'和小姐说出真相，或许他期望的只有这样。如果老师能信任K并说出实情，那么，即使K得不到小姐，也不至于陷入绝望。此外，K死了以后还是有人关心老师。如果老师不是一直藏着烦恼，而是早点对'我'说出真心话，对夫人表明一切，或许他就不会死啊！"

我用力甩头，死命压下即将涌出的东西。

"不对，说不定老师是在'我'看完信的很久很久以后才死的，说不定'我'真的赶上了呢！"

喉咙好疼，眼里也在刺痛，脑袋就像被人猛敲一记似的发昏。

但我现在什么都顾不得，就算喉咙迸裂，眼中喷血，脑袋爆炸都无所谓。

"如果'老师'不放弃，努力地改变当下，或许就有不一样的结局！"

忍成老师似乎没听进我说的话，还是哀伤地垂着眉梢，痛苦地注视我。

若是撇开视线，好像会输给老师背负的绝望，因此我拼命盯着他说："忍成老师，你说过你们的关系和《心》很像，但只有一个地方差很多。老师说得没错！因为老师还活着，还在这里好好地活着！"

《心》里面的老师说，希望死前找到可以信任的人，就算只有一个也好。所以，他写了很长的遗书给"我"，说他寂寞得承受不住，或许也会走上和K一样的路。

就算这样，我也不希望他犯下和K同样的错，抛下孤零零的夫人。

这样是不对的！太奸诈了！

夏目漱石写实地描述"老师"的心情，宣称这就是人类，人类就是这么寂寞的生物，但我绝不认同，就算他是大文豪我也不理他！

"忍成老师还活着啊！就算再寂寞、再痛苦，也该继续向前走！事情既然已经发生，就没办法再改变。或许人类真的是寂寞又自私的卑劣生物，或许猴子的心都比人类高贵，但是，我们也不该就这么死心放弃啊！不该把人性的弱点和寂寞当作借口！"

我叫得太用力，忍不住咳了起来。

看着老师黯淡的目光，我难过得胃都要穿孔。

老师的心中有一片漆黑的深渊，那是无止境的黑暗。

要怎么传达出去呢？

我该怎么做，才能让我说的话传到老师陷在深渊里的心？

"我曾经想过，夏目漱石为什么在神经衰弱和胃溃疡的时候，还要写《心》这种黑暗的故事。不过，这些让人心头沉重的故事即使过了一百年，还是会被放在暑假读物区，还是有很多人在看。我现在还是不喜欢悲伤的故事和难懂的故事。可是，我想人有时真的需要正视'心'。就算寂寞、消沉、痛苦，就算人性就是如此，就算再怎么无能为力，有时还是要停下脚步仔细地看。夏目漱石就是这样正视着'心'，写出这个故事。

"即使他期望舍弃私心、活得自然，期望'则天去私'，但人心就是那么自私，那么执迷不悟、充满绝望，连他都摆脱不了这种处境。无论如何，人还是得继续前进。"

小瞳和心叶学长都屏息看着我和老师。

老师凝视着我，眼中充满沉静的哀伤。仿佛什么都能接受，却又什么都放弃了，静静地听着我说话。

看到老师那种眼神，我也越来越寂寞、越来越畏缩。

讲完该讲的话以后，老师朝我微微一笑。就像大人对不懂事的孩子露出的微笑。

"太理想化了。"

老师沉静地说。

我感到剧烈的心痛。

"这种人生观的确很美丽、很高贵，可是日坂同学，你不了解真正的寂寞。你不曾和重要的人分离，也不曾因为自己的过错而失去重要的东西吧?"

我说不出话。

真正的寂寞……我的确不知道那是怎样的感觉。

所以，我无法反驳深知这种感觉的老师。

心中涌出的各种情感都卡在喉咙，热得快要爆开。我好想说些什么，又不知该从何说起。

　　不论我怎么苦劝，失去櫂的老师都只觉得那是天真的幻想。

　　老师转头看向荧幕。

　　他眯着眼睛，注视着在满天飞舞的洁白羽毛之中手牵手的树和羽鸟。他的眼神好苦涩、好悲伤。

　　然后，他寂寞地笑了。

　　"现实……不像这部电影这么美好单纯，你以后就会理解了。"

　　这句话冷冷地刺进我的胸口。

　　世界又暗又寂寞……

　　这时，有个强而有力的声音划破空气。

　　"是啊，老师说得没错。"

　　心叶学长凛然注视着老师。

　　"在现实中，树和羽鸟的故事底下也隐藏着绝望、伤痛、背叛和恸哭。"

　　心叶学长的眼神和语气都不见一丝犹豫。

　　忍成老师有如看到不可思议的东西，还调整了一下眼镜。

　　我也不懂心叶学长为什么突然说出这种话。

　　现实中的树和羽鸟？这是什么意思？

　　但是，心叶学长坦然的眼神震荡着我的心神。

　　心叶学长像女孩般清秀温柔的脸庞严肃地皱起，和忍成老师正面对峙。

　　"树肤浅又残酷的行为伤害了羽鸟，羽鸟一直暗自憎恨树。

他夺走树身边除了他自己以外的一切事物，想要把树操弄于掌心。要是不能如愿，他宁可在树的心中刻下永远抹消不了的绝望……

"为此，他把自己搞得遍体鳞伤，活活地烧灼自己，即使再也没办法用自己的双脚走路也不后悔。他是这样地恨着树，恨到无法自拔。"

心叶学长的眼中浮现凄绝的痛楚。那种伤痛太过真实，连我都觉得心痛如绞。

心叶学长究竟想说什么？

《仿若晴空》明明是个像蓝天一般清爽耀眼的故事……

可是心叶学长言之凿凿，好像真的亲眼看见那样的羽鸟和树。

"羽鸟很恨树，心中席卷着猛烈的厌恶，但他同样也深爱着树，希望和树一起走向毁灭。这两种心情都是羽鸟的'真实'，所以羽鸟受尽折磨……树也因愧疚和绝望而跟随着羽鸟。"

难道心叶学长"真的看见了"？

这个可怕的念头突然浮现，仿佛有股电流穿过我的背。

心叶学长绝对会喜欢。那种风格很像心叶学长写的小说……

那是出现在我脑中的名字。心叶学长望着我的眼神。

难道……不会吧……

忍成老师打断心叶学长的叙述。

"井上同学，你说这些天马行空的想象也无济于事啊。"

在紧张屏息睁大眼睛的我面前，心叶学长平静地回答：

"不，这不是想象，而是现实。我刚才说的那些，是羽鸟和树之间'真正发生过的事'。"

"你凭什么这样说？那明明是电影里的角色。"

我的心脏狂跳着。心叶学长说：

"因为我就是井上美羽。"

我震惊得忘记呼吸。

三年前没有一个初中女生不知道这个名字。

十四岁即获得文艺杂志新人奖而出道，人人口中的天才作家——《仿若晴空》的作者！

井上美羽是心叶学长？

过去种种无法理解的事全都指向一个答案，我也多少有些预感。

为什么心叶学长这么一个高中生能在出版社自由进出？

为什么他和编辑佐佐木先生那么熟？心叶学长写的小说是不是在薰风社出版的小说志里匿名刊登？

《仿若晴空》的作者资料完全没有公开，大家都觉得应该是个女作家，或许是个有钱的大小姐，或许是个体弱多病正在疗养的美少女。所有人都引颈期盼着井上美羽的第二部作品，但是还没听到任何关于第二部作品的消息，井上美羽就消失了。

很迷《文学少女》连载的合唱社社员说，这种风格好像在哪里看过……

《文学少女》竟然是井上美羽的第二部作品！

心叶学长就是井上美羽！

忍成老师和小瞳都呆住了。

心叶学长神色坚定地说起树和羽鸟的另一个故事。

《仿若晴空》是以我和青梅竹马的女孩当作蓝本而写的作品。我是树，她是羽鸟，而我在不知不觉间撕裂她的心。因为我写了那本小说，导致最重视的女孩当着我的面跳下顶楼。"

羽鸟跳楼了？

心叶学长的眼中充满悲痛，脸孔扭曲，似乎是想起当时的画面。但他依然注视着老师，声音也没显出丝毫颤抖。

"她奇迹似的保住一条命，但是从此不再出现在我面前，我也一直把自己关在家里。我在漆黑的房间里蒙着被子，好几次急症发作而无法呼吸。我每天都在想，为什么自己会碰到这么悲惨的遭遇。

"我不断祈祷自己永远都不用走在阳光底下，不用再和任何人说话，希望自己就这样消失，又因无法实现而绝望，只能叹气想着这片黑暗还要延续多久，无所事事地度过一整天。

"和她重逢以后，还有更深的绝望等着我。

"我不愿意面对的'真实'一个接一个浮现，一切原本相信的事物都毁坏，纯净的东西也变得污浊漆黑，好像全身都被割裂似的。

"我心想世上最沉重的痛苦莫过于此。

"我再也无法承受！再也站不起来！"

心叶学长的眼神和发言重重地撼动了我。

我没有看过小说版的《仿若晴空》，但我看过电影和连续剧很多次。

这个故事弥漫着清新柔和的气氛。

剧中没有一个坏人，每个人都很善良温柔，也很体贴别人。女主角树非常喜欢青梅竹马的鸟羽，羽鸟也是个努力朝梦想迈进的阳光男孩。羽鸟虽然有时会顽皮地逗弄树，但是见到树难过的表情，他一定会开朗地笑着伸出手。

真是个充满温馨的幸福世界。

可是在这世界背后，羽鸟竟然恨着树！竟然在树的面前跳楼！

现实世界的情况竟然是这样！

忍成老师表情僵硬地不说话，满头都是汗水。

心叶学长的眼中闪烁着清澈的光芒。

"但是，在这黑暗的世界里依然有人朝我伸出援手，那个人还告诉我怎么在黑暗中点亮小小的灯火。"

强而有力的语气充满爱意。

心叶学长此时的眼神，正如他放学后在文艺社用笔记本电脑写小说时一样，既温暖又悲伤。

我立刻猜到是谁对他伸出援手，是谁如今依然温柔地在他的心中支持他，是谁一直轻声细语地对他说话。

一定是……

"那个人对我说过，如果不靠自己的力量爬起来继续向前走，故事就会停滞不动。所以不管再痛苦，都得继续翻到下一页。这么一来，迟早可以到达看得见满天星光的地方……"

每当我陷入困境，心叶学长都会给我建议，帮助我发挥想象。

我知道，那都是心叶学长从痛苦绝望之中重新站起、继续向前走而得来的经验。

好比说，绝对不可以自杀。

只要活下去一定会有所改变。

就算是无边无际的黑暗之中也会有一线光芒。

如今心叶学长即使面对深渊，还是坚定地说：

"请老师翻开下一页，继续前进吧。"

老师的眼神闪烁不定。

他的心陷入纠葛，不知自己能不能获得宽恕。他扭曲脸孔，咬紧牙关，无法承受似的转开视线。

心叶学长肃穆地问他："老师还有没说出来的'真实'吧？为了隐瞒这件事，才会让老师和耀受到那么多折磨，不是吗？"

忍成老师的眼中闪过一道痛楚。

"没这回事。"

他的声音嘶哑而颤抖。

"真的吗？老师说自己不爱任何人，但其实不是这样吧？"

老师的眼神和肩膀又开始摇晃。

"《心》的那位老师是'有能力去爱，甚至是不能不爱，可是当有人要投入自己怀中时，又没办法张开双手去拥抱'。忍成老师，你不也一样吗？"

"不是的！"

沉重的喘息让眼镜变得白蒙蒙，老师用颤抖的手指擦拭眼镜。那副模样怎么看都像是心虚，难道老师……

小瞳惊讶屏息，定睛注视着老师。

老师软弱地微笑。

"那你说我爱的是谁？"

心叶学长马上回答。

"是不该爱的人。是陪在你身边，和你有相同的心情，和你一样失去重要的东西，和你一样受到伤害，而且是你严禁自己去追求的人。那是社会大众不能认同的爱，一旦公开就会遭人侧目、受到谴责的爱。"

小瞳吸了一口气。

老师像是听到可笑的事，嘴角不自然地扬起。

"离我最近的人就是櫂和瞳同学。我关怀櫂是因为我把他当成自己的分身，那是出于对自己的爱，会关心瞳同学也只是想在她身上找寻妹妹的影子。"

"老师的妹妹也叫做瞳吧？"

老师的脸顿时僵住。

我的心底跟着发凉。

老师那位才五岁就过世、戴着海豚发夹的妹妹，和小瞳同名吗？

小瞳睁大眼睛，想必她也不知道这件事。

心叶学长的脸上浮现深深的忧郁。

"对不起，我稍微调查过老师的妹妹。"

"……"

"她是在老师父母车祸过世以后，和老师一起住在叔叔家中时死的。听说是因为她的心脏先天不良，发作时没有及时抢救……"

老师的脸孔扭曲，就像在顶楼提到妹妹的时候一样满脸怒容。

"老师的妹妹当时是和叔叔耿介先生在一起。"

心叶学长的语气和眼神都好沉重。

老师说过，他叔叔做出不可原谅的背叛行为。

"听说邻居在她死前听到了哭叫声……后来发现她衣衫不整，

脚上有撞伤的痕迹，胸口和喉咙……"

"不！"

老师发出呻吟。

心叶学长没有再讲下去。

老师的肩膀轻轻颤抖，牙齿咬得咔响。我想起老师在顶楼说的话以及杀气腾腾的表情，背脊都凉了起来。

"太恶劣……太可恨了……他竟然对那么弱小的孩子……做出那么可怕的事……"

难道他叔叔对他妹妹……不可能，他妹妹只有五岁，而且他们是有血缘关系的亲叔侄啊……

小瞳也变得脸色苍白。

老师两眼发红，压低声音说：

"叔叔吞吞吐吐地说……他陪我妹妹一起玩时，妹妹突然生气跑走……可是妹妹是个乖巧的孩子，一向独自待在房间玩洋娃娃……那个男人对櫂也……"

一股寒意贯穿我的身体。

櫂被收留的一周之后，老师为什么去叔叔家？

是不是担心櫂遇上像他妹妹那样的遭遇？

结果被他猜中了。櫂为了躲避而推开叔叔，叔叔就摔下楼……

我实在不愿再想下去。小瞳听到老师这些话，似乎也有和我一样的"想象"，只见她咬着嘴唇、抓紧裙子。

心叶学长看着呼吸混乱、难受地按着胸口的老师，忧郁地说："珠子小姐告诉我，老师的症状是在妹妹过世以后才有的。"

珠子小姐皱着眉头说过"良介的心脏好得很"。

"只要想到妹妹，我就觉得心脏好难受，简直像是妹妹的病传染给我似的。"

老师满头大汗地回答，然后露出阴沉的笑容。

"最可怕的是，叔叔和我长得一模一样，我体内也流着和那男人一样的血。"

老师家的洗脸台上没有镜子，他说他讨厌镜子。

一股苦味涌上我的喉咙。

心叶学长又问：

"老师一直担心……自己会做出和叔叔一样的事，所以不肯承认自己喜欢冬柴同学。而且冬柴同学又和妹妹同名，更让老师觉得自己是叔叔的同类，不是吗？"

"我和瞳同学认识时，她只是个小学生，怎么可能有这种事？纯粹是因为她和我妹妹同名，我才会特别注意她。我打从一开始就把她当作妹妹。"

老师撇开视线，呼吸混乱地回答。

"不过，老师早上都在冬柴同学散步必经之路的豆腐店打工吧？老师送给日坂同学的甜甜圈和我妈妈做的味道很像，我问了妈妈，才知道那是用豆腐渣做的，我猜老师送她的布丁也加了豆浆。我问过豆腐店，他们说老师已经在那里打工三年了。"

老师的脸颊微微抽动，视线不安地游移，脸色苍白地闭口不说话。

豆腐店！就是带奥古斯特散步时会经过的那间店吗？那个时间已经开始营业的，只有便利商店和豆腐店。

小瞳在豆腐店前甩了一个学长，后来他冲进店里买了一大堆豆腐吃光。

心叶学长会提到豆腐渣，就是因为和豆腐店有关？

老师打工的地方不是蛋糕店吗？结果竟然是公园附近的豆腐店？他在这三年间一直看着小瞳牵奥古斯特经过？

啊啊，难怪他知道我初二时骨折撑拐杖的事。

如同月光穿越云层照耀着地面，我看清了好多事。

老师为什么选择在这种时机出现在小瞳面前？

除了他要出国之外，也是因为他听到小瞳冷冷地向追求者说出"让天空立刻下雪"这种要求。

他由此得知小瞳依然受到欅的束缚。

所以……所以他才来我们学校当图书馆员！为了假扮坏人解救小瞳！

小瞳整个人都呆住了。她困惑地睁大眼睛，轻轻颤抖。

老师没看小瞳。

他拼命忍着不转头，以不带半点感情的语气说：

"因为我这个成年人伤害了像妹妹一样的少女，我很担心她，悄悄地守着她也是应该的吧？"

他沉痛地再三强调自己把小瞳当成妹妹，但他的呼吸越来越混乱。

我想起小学时的小瞳。

她有着白皙的肌肤，像洋娃娃一样标致的脸庞，长达腰部的秀发走起路来会轻轻飘逸，擦身而过的人们都会回头看她。

小瞳在圣诞节饰演圣母玛丽亚，唱歌唱到一半时头巾掉落，柔顺的长发像瀑布一样流泻而下，真是太美了，在场观众都发出感叹。

她真的好美，美得能在一瞬间吸引所有目光……

此时，我的脑中突然灵光一闪。

幼小女孩的长发。
轻柔飘逸的长发……

胸口顿时发热，我发现了一个真相，因而开口说：
"老师……你珍藏的那个海豚发夹不是你妹妹的，而是小瞳
的吧？"
忍成老师愕然地望向我。
"不是，那是我妹妹的遗物，她经常戴着。"
"老师是男人所以不了解，那个发夹太重，绝对夹不住小女
孩纤细的头发。"
满满的七彩水晶玻璃围绕着一条大海豚，后面附上银色的
夹子。我看过老师妹妹的照片，她的栗色头发长度不到肩膀，看
起来好柔好细，那个沉重的发夹如果戴在她的头发上一定会掉
下来。
没错，那肯定不是老师妹妹的遗物。
老师转移视线，脸色僵硬。
"为什么老师要拿那个发夹给我看，还说是妹妹的遗物呢？
是因为珠子小姐向我提起海豚发夹，老师怕我哪天会对小瞳说起
这件事吧？所以，老师才说那是妹妹的遗物来蒙混过去，这样可
以让我释怀，又能让话题变得很沉重，这样我就不会对小瞳提
起了。"
老师没有回答。
他紧闭着嘴不说话，镜片之下的眼睛看着别处。

但是老师说过，只要看着这个就会想起妹妹。

她戴着这个发饰，用清澈的声音唱歌……还有她的头发飘扬，笑得很幸福、很愉快的模样……

"老师那时说得充满感情，其实都是在说小瞳吧？"

老师依然不回答。

他满头是汗，眼神隐含着痛苦，却坚决不开口，也不看小瞳。

气氛变得好紧绷。

小瞳在此时小声问道：

"海豚发夹……我还以为在公演那天弄掉了……原来在老师的手上吗？"

突然，老师的脸色变得好悲伤，像是心碎似的软弱无助。

他压抑多年、隐藏多年的事，都因这句话而崩毁。

小瞳仰望着老师，眼中闪烁着泪光。

心叶学长静静地说：

"老师说爱情是罪恶的。只有为爱犯罪的人，才说得出这种话。老师是因为爱才对櫂做出那种事吧？"

老师曾寂寞地说，自己不爱任何人。

但他其实爱着小瞳。

我现在终于看清楚了。

就像《心》的"老师"深爱着小姐一样，老师也爱上年纪比自己小很多的小瞳。

他不是把小瞳看作妹妹，而是看作一个女人。

"有能力去爱"、"甚至是不能不爱"、"可是当有人要投入自己怀中时又没办法张开双手去拥抱"……忍成老师和《心》的那个老师一样，他也是这种人。

所以，他无法承认自己爱着小瞳。

他们认识时，小瞳只是个小学生。

我不知道老师在何时发现自己爱上小瞳，但他一定很烦恼，很痛苦。

爱上比自己小十岁以上，怎么看都只是个孩子的小瞳，这太异常了。这么一来，不就和自己最憎恨的叔叔一样吗？绝不能让这种事情发生，也绝不能伤害小瞳。

老师就是这样死命地隐藏真心。

他只能眼睁睁看着櫂和小瞳越走越近，变得那么亲密……

櫂和他不一样，可以和小瞳交往。他们在一起也不会受到任何人批评。

因为和小瞳在一起的是老师视为另一个自己的櫂，更让他难以忍受。当他听到櫂打算约小瞳圣诞夜时一起看电影，还故意说"她和日坂同学那天有约"。

他一直否定自己对小瞳的爱，像《心》的老师一样陷入天人交战。

那一天，櫂穿着小瞳爸爸的衣服回家……终于迫使他越过最后一道防线。

老师在顶楼说过。

他屏息倾听櫂回来时的脚步声，当櫂开门的瞬间，有个冰冷尖锐的感觉揪住他的心。就像《心》的老师一样，忍成老师的心在那瞬间也被美丽的长发遮蔽，再也按捺不住！

老师的感受把我的胸口压得好难受。

他会吻小瞳，或许也是为了从苦恋之中解脱。

即使如此，他还是不肯承认他爱着小瞳……

这确实是老师的自私，也是罪孽。

可是，这件事却害死了櫂，老师一定后悔不已。

所有的罪过和寂寞，老师都打算独自承担。他彻底埋藏自己对小瞳的爱，还去豆腐店打工，默默地看着小瞳。

每天看着被自己深深伤害而剪短头发，再也不笑的女孩，他会是什么心情？

我光是想象就觉得鼻酸，眼泪都快流出来了。

老师比谁都期望小瞳过得幸福。

所以他一个人默默地忍耐，一个人守着秘密。

他如今仍然紧握着櫂的耳环，紧闭着眼睛保持沉默。

"老师，爱情或许真的会伴随着罪恶，但爱情本身并不是罪恶啊。"

即使心叶学长再三苦劝，即使小瞳用恳求的眼神看着老师，他都不肯开口。

"老师，拜托你说出'真实'吧，请你继续往前迈进吧。"

小瞳紧张得表情僵硬，屏息等待老师回答。

老师闭着眼睛不动，握着耳环的手靠在额头上，像是忏悔般低着头。

他就是这样长期压抑自己的心情。

《心》的老师和忍成老师都不肯说出最重要的事。

只要说出来，或许就能互相理解，或许也不会再感到寂寞。

但是，他就是不说，死都不说。

我非常了解他的心情。

可是就算这样……

"櫂……不也希望你说出来吗?"

忍成老师张开眼睛看着我。我的喉咙颤抖,就快要哭了。

"因为櫂说,他想当'我'而不是K……他一定很希望老师对他说出真心话。"

"电影院里会下雪。"

"如果能由衷信任别人,或许我就笑得出来了,还会为了那个人洒下雪花……"

此刻,我好像听得到櫂的声音。

老师站了起来,缓缓转向荧幕。

画面还停留在两人手牵手的背影,以及满天飞舞的纯白羽毛。

他神色黯淡地盯着画面一阵子,打开手掌,注视櫂留下的雪花结晶——心的碎片——又紧紧地握住。

然后他抬起头,朝小瞳走去。

他站在小瞳面前,望着眼中含泪、嘴唇微张的她,深深地低下头。

"请原谅我。"

那是平静的声音,充满罪恶感的声音,微弱虚无的声音。

"我爱过你。"

这就是老师的"真实"。

◇　　◇　　◇

　　我们很少三人共处。而且三个人在一起时，你总是不太高兴，让他相当烦恼。

　　我面对你们两人时也很内疚。

　　对他的感情很像对你的感情，但又不太一样，要说不同却又很相似。

　　这令我羞愧得几乎无法喘息。

　　我似乎做了对不起他的事。

　　因为我和你在一起令他很不舒服。

　　你对此毫不知情。

　　可是，我连感受那种尴尬的气氛而陷入沉默的机会都不会再有了，想到这点就突然觉得好寂寞。

　　那样冷淡的沉默都变得好温馨，令人怀念不已。

第七章
拥抱寂寞

视听教室的放映会过了一周。

明天就是圣诞夜，忍成老师的图书馆员工作只做到昨天，明天早上他就要前往非洲刚果。

他要在那里和猴子一同生活。

"我不打算再回日本。"

放学后我去办公室看老师时，他温和地这么说。

"我很感谢你和井上同学。我本来打算一辈子独自背负对权犯下的罪。我不希望瞳同学感到任何负担，也不想向她表明心意。

"如今我还是很后悔对权做出那种无可挽回的事，也依然不原谅自己对瞳同学怀有那种情感。"

他哀伤地垂下眼帘，然后对我微笑。

"可是，说出来以后感觉轻松多了。我终于可以把权当成家人来爱。"

这语气平静得不带半点力道。

"我只希望瞳同学不要因为我说出真心话而感到压力。"

他又担心得沉下脸。

放映会当天，老师说出"我爱过你"之后，小瞳看着低头的老师哭了。

我想，那一定是压在心上的悲苦溶化变成的眼泪。

小瞳站起来，战战兢兢地轻碰老师的肩膀，老师也直起身子看着小瞳。小瞳哭得皱起了脸，沙哑地对老师说："我们对櫂的所作所为太过分了，所以我不容许你一个人承担，也不会忘记櫂的一切。我绝对不会这样做！也不能这样做……我们一起承担这件事吧。"

老师仿佛得救似的，悲切地喃喃回答"好"。

他把一对耳环的其中一个放在小瞳的手上。

小瞳紧握着手，贴在脸上。

"小瞳不会因此感到压力啦。老师说出真心话，她一定开心死了。我和她是一起长大的，听我说的准没错。"

老师听了便温和地眯起眼睛回答："谢谢你，我现在像是得到重生了。这么一来，我就能安心地出发。"

"老师会去见小瞳吗？"

我一问，老师就露出清爽的笑容，摇头说"不会"。

"井上同学午休时间来找过我。他说他会答应扮演瞳同学的男友，是因为想起从前的自己，所以没办法放着她不管……还向我道歉，说他讲了很多失礼的话。"

心叶学长就是作家井上美羽。

青梅竹马的她还在他的面前跳楼。

当他看到小瞳为了櫂的死深感内疚时，或许也看到过去的自己。

"日坂同学，你很喜欢井上同学吧？"

我被老师突如其来的问题吓了一跳，也很不好意思。

"嗯，我最喜欢心叶学长。"

我满脸通红，笑着回答。

老师露出灿烂的笑容。

"希望你的感情可以得到回报，也请你永远当瞳同学的好朋友。瞳同学经常说：'其实菜乃很聪明，我不想谈的事情她绝对不会问。我低潮的时候她总是陪着我，而且她只会在我寂寞的时候变得很啰唆。我很了解菜乃的优点，所以我总是赢不过她。'瞳同学会去读公立初中，也是因为不想和你分开。她很害羞地告诉我，'因为那间学校没有菜乃'"。

我的心中胀得满满的，觉得好温暖。

"老师……你在放映会时对小瞳说'我爱过你'，但你现在是不是依旧……"

老师细长的手指轻轻贴在嘴上。

他静静地微笑，语气温柔地说："要保密喔。"

这是我和老师最后一次谈话。

"小瞳，圣诞节就是要吃火鸡啊，吃什么鸡肉嘛。"

"我不喜欢火鸡的味道。"

二十三日是假日。我在小瞳家和她一起看着食谱，讨论明天圣诞夜要煮什么。

我们约好明天一起去看电影，然后回她家下厨开派对。

小瞳说想要从头到尾好好地看完《仿若晴空》，所以我们事先买好重新上映的预售票。

事隔多年，电视台又开始播《仿若晴空》的连续剧，电影院也重新上映，这都是因为电车内贴出了《文学少女》的新书发售广告。

这本在《文艺》杂志连载过三次、没有公开作者名字的小说，无论作家身份或内容都引起热烈讨论。积极调查作家身份的人们提过很多作家的名字，其中一个人的呼声越来越大。

"一定错不了。"

"可是为什么不公开呢？"

大家都很期盼三年前消失的作家重现江湖，这时，广告上终于大大地印出井上美羽的名字。

想也知道一定会造成很大风潮。

《文学少女》的新书是这三篇连载内容加上未发表的终章，将在明年年初发售。光是网络上和实体书店的预约就超过三十万本，而且听说还在持续增加。

我是不是该在看电影之前先看看小说呢……预定是傍晚去看电影，应该还有一些时间。

小瞳正在列清单，我抱着袋鼠布偶听着她说：

"中午先把鸡烤好，木材蛋糕也得在出门前先做好海绵蛋糕，回来以后再抹上鲜奶油。"

"嗯。"

"早上就得先把圣诞树搬出置物柜。菜乃，你要早点来帮忙喔。"

"嗯。"

我呆呆地看着窗外。天色灰暗，气象预报说过午后会下雪。

"怎么了，菜乃？你好像怪怪的，老是心不在焉。"

小瞳皱起眉头。

我抱着袋鼠，望向小瞳。

"小瞳，你会去跟忍成老师道别吗？"

我认真问道。小瞳愣了一下，转开视线。

"不会。"

"为什么？老师明天早上就要去刚果了。"

小瞳没有回答，只是一脸迷惘地咬着嘴唇。

"为什么？为什么不去见老师？"

"这样比较好。"

她消沉地说。

"真的吗？"

我没有就此作罢，而是把袋鼠布偶举到小瞳面前，问道："放映会那天老师对你说了真心话，可是你却有事瞒着老师，对吧？"

小瞳的肩膀微微一抖。

"你也喜欢过老师吧？"

"……"

"现在也是吧？"

"……"

"你对櫂的态度那么差，还发现櫂喜欢老师，其实是因为你也喜欢老师吧？所以你们虽然一开始互相讨厌，互相漠视，最后还是变得要好……"

小瞳低头咬着嘴唇。

她几乎没对我说过家庭教师的事。

就算感冒她也瞒着不说，还是强撑着病体去听课，对我却完全不提老师的事，这太不自然了。一定是因为她和老师共度的时间很特别，很神圣，所以要当作自己一个人的秘密。

"你和老师重逢以后，也一直很注意老师啊。"

她虽然老是冷冷地瞪着他，但心中一定无比激动。

因为她又见到了心上人。

但是她背叛了櫂，没资格再爱老师。她为了抹杀对老师的爱，只好转而恨他。

她要爱老师，只能以櫂的身份去爱。

她想把櫂的心意传达给老师，其中一定也包含自己的心意。

小瞳难过地说："菜乃……我并不想伤害櫂……我很重视他……"

我温柔地回答："嗯，我知道。你越来越喜欢他，他对你一定也是这样。"

櫂和小瞳之间有的是认同感。

这或许也是一种爱吧。

我想起初一初夏时，小瞳和櫂手牵手走在翠绿的行道树下。

当时我向小瞳问了櫂的事，她红着脸回答"不认识，那是陌生人"，接着不悦地说"我这辈子……只会爱一个人。我才不会那么容易喜欢别人"。

那段时间小瞳变得越来越漂亮，经常默默地沉思。我想小瞳一定是沉浸在爱里。

小瞳爱上的是年纪大她很多的家庭教师。

但是，说不定……她也以另一种方式爱上了櫂。

而且，櫂应该也喜欢小瞳。

小瞳和櫂究竟是什么关系、她对櫂怀着什么心情，大概连她自己都搞不清楚。

我如今也想象得出来，她和老师重逢后，顽固地绝口不提老师和櫂的事，一定也是搞不懂自己的心情，所以变得无法信任自己。

小瞳不打算去见老师，想必也是因为对櫂依然怀着歉意。

"小瞳，櫂就是认同你，才会找老师和你一起去看电影啊，别忘记这一点喔。"

小瞳仍困惑地咬着嘴唇。

"况且，你也想陪老师一起去刚果吧？"

她大吃一惊，我抱着袋鼠笑了。

"嘿嘿，我已经知道啰。你明明很讨厌虫子，又很偏食，便当里带的却是酱卤蝗虫，这其实是有理由的。因为老师不管去热带雨林或草原你都想跟去，所以你至少要敢吃虫子才行。丢掉洋装也是因为老师要去的地方不需要那种漂亮衣服，说不定还会连续几天都没办法洗澡，所以你才刻意逼自己适应。你认为自己不该喜欢老师，可是听到他要出国，却又强迫自己做这些事。你分明是不能不爱老师啊。"

"可……可是……"小瞳难过地说，"老师那时说的不是'我爱你'，而是'我爱过你'，用的是过去式……说不定他现在已经变心……"

"要保密喔。"

想到那个沉静的笑容，我的心都揪起来。

"就算这样，你还是喜欢老师吧？"

小瞳用双手乱抓头发，低下头去。

"我真的可以吗？"

"当然啊！櫂也是这么想的嘛。小瞳，你看。"

我愉快地说完，望向窗外。

灰色的风景里，缓缓飘下如羽毛般洁白的雪花。

小瞳睁大了眼睛。

我拉着小瞳站起来，打开窗户。

冷风扑面而来，纯白的雪花落在小瞳的头发和脸颊上，受热溶化。

小瞳眼中落下的泪水和雪融在一起。

"你可以去啦，小瞳。"

小瞳眨眨眼强忍泪水，但眼泪依然掉个不停。她皱起脸孔哭着说：

"菜乃，你真的不在乎我离开吗？"

我难过到肝肠寸断，想笑又笑不出来。

"我会很寂寞……"

我的声音也哽咽了，泪水扑簌簌地滑落。

小瞳惊讶得屏息。

我抱紧袋鼠布偶，边哭边说："我会很寂寞，非常寂寞，寂寞得不得了！因为我们总是一起上学啊！我做了红白蛋糕可以立刻拿来你家，我有开心的事等到隔天就能在学校告诉你，还可以在你家过夜，和你躲在一条棉被里聊天……这……这些事以后都没办法做了，我会很寂寞、很伤心的！午休时间也不能和你一起吃便当……"

讲到一半，我越来越寂寞，好像整个人都化为寂寞凝结成的物体。我的喉咙好热，浑身颤抖，眼泪也止不住。

我一定哭得一塌糊涂。

小瞳也皱着脸，跟着掉泪。

"我不要啦，小瞳，我不希望你走！别离开我……要我说几百次都行，别去热带雨林那种鬼地方，留下来陪我！"

小瞳靠过来抱紧我。

我把脸贴在她的肩上痛哭。

"我不要你走，死都不要！可是，如果你觉得那样比较幸福……你还是去吧！"

努力从喉咙挤出的话语。

不要。

别离开。

好寂寞。

可是那么爱干净、那么讨厌虫子的小瞳，为了追随深爱的人，竟然肯吃蝗虫，愿意忍着不洗澡，所以她应该要去！

"呜……在这世上最了解你的人就是我，我知道你是多么想要陪在老师身边……所以你可以取消圣诞夜的约定，我会把《仿若晴空》的电影 DVD 用航空邮件寄给你。"

我用双手举起袋鼠布偶，塞到不停哭泣的小瞳怀里。

"这……这孩子会代替我陪在你身边，永远帮你加油。"

小瞳接过布偶。

两人相触的手指一样冰冷，窗外吹进来的风也是冰凉凉的，柔软的雪花接连不断地落下……

小瞳的眼泪纷纷落到抱在怀中的布偶上，她说："我和井上学长在文艺社谈櫂的事情……那时你出现了……我心想不能继续依赖你……因为你是我最……最重要的朋友。如果你放弃我，或许我就能体会櫂的痛苦……我背叛了櫂，所以也得让自己变得孤零零的才行……所以我做了和老师同样的事……故意让你讨厌我……"

"小瞳真是太笨了。"

我含泪笑着摸摸她的头。

"是啊，我很笨。但是说出这些话以后我才明白，老师一定也是打算破坏一切，舍弃一切，让自己变得孤零零的。这样就不用再顾虑别人的感受，不用抱着过高的期待，搞得自己患得患失、弄巧成拙，也不会再受到伤害。可……可是我说了那么恶劣的话，你还是没有离开我。当初我不再隐藏个性不好的一面，受到班上同学漠视的时候也是……只有你对我的态度始终如一。就算我死不开口，你还是啰里啰唆地缠着我说个不停。因……因为你知道我很寂寞，才会刻意陪在我身边……"小瞳把脸埋在袋鼠布偶里，哽咽地说，"所以……我在这世上最信任的人就是你，无论任何时候我都相信你说的话。所以……所以你既然叫我去……我就会相信自己真的可以去……"

我用尽全力抱紧我最喜欢的好朋友。

这天下了一整夜的雪。

我一直在想，能为重视的人洒下雪花该有多好。

一定会幸福得有如耀眼光芒围绕身边。

瞳，他一直很爱你。

一开始是因为你和他的妹妹同名，后来他渐渐受到你本身的吸引。

去年十二月，你在合唱团的圣诞公演饰演圣母玛丽亚，当时是我和他一起去看演出的。

表演开始之前，我们看到你抱着衣服在走廊上奔跑。

你似乎迟到了，一副着急的样子，边跑边拆下头上的发夹放进包包。

那是个镶满七彩水晶玻璃的海豚大发夹。

发夹掉出你的包包，落在走廊上。

你没发现就跑走了。他捡起发夹，小心翼翼地收在胸前的口袋里。

"晚点再还给瞳同学吧。"

他轻声这么说，但后来还是没还给你，一直留在身边。

他有时会从衣柜里拿出用手帕妥善包好的海豚发夹，痛苦地望着，还会轻轻地将发夹贴在胸口。

我发现时只觉得眼前昏黑，身体热得像是烧了起来。

那是他的秘密。

我的告白所剩不多了。

你一定可以理解我为什么一直用"我"自称吧？ ①

没错，因为我想成为"我"。

我希望"老师"能向我吐露一切。

希望他能对我坦诚他爱你。

如果他肯亲口对我说出真心话，我一定承受得了那种寂寞。

而且，我也很想和你跟老师愉快地相处。

很不可思议，我对你的好感几乎和我对老师的好感一样多。

---

① 原文是"私"，櫂惯用的自称是"仆"。

虽然你对我的态度很差，不过我觉得你很漂亮，有时也会觉得你说话尖酸是因为关心我。当我这么想的时候，心底就会变得暖烘烘的。

　　你记得有一次我们手牵手一起回家吗？

　　那时，我因为珠子说"我和良介结了婚你就得搬出去"而情绪低落，所以你牵着我的手，不高兴地说："你想和老师在一起吧？那就不要输给那种浓妆大婶随便说的几句话啊！"

　　我高兴得差点哭了。

　　你还为了我对珠子大吼："櫂是这个家的孩子，他会永远留在这里！"

　　我真的真的好开心。

　　我想和老师在一起，因为我的家人只有老师一个人。

　　可是，我也很希望有你在。

　　我来当"我"，你来当"夫人"。只要有你和老师，我就再也不寂寞。

　　我由衷地这样相信。

　　所以，我在电影里藏了讯息，想以此传达我的心情。

　　虽然我已经不能和你们一起去看电影，但还是想把我的"心"留给你。

　　我要把这份真诚的告白藏在你身边。

　　地点已经选好了。

　　放在你房间的袋鼠布偶里面最好，只要用美工刀稍微切开袋子内侧再塞进去，你一定很快就会发现。

　　因为那个袋鼠布偶是你的好朋友日坂送的，你不管到哪里都一定会带着。

等一下我会去你家，叫你帮我泡咖啡。我会趁你离开的时候迅速藏好信。

其实我不喝咖啡，不过就让我整你最后一次吧。

我是个软弱的人，承受不了这种寂寞，所以我打算做蠢事。

我从很久以前就不想当人，我也很怕人类这种动物。可是，心里似乎还有一小部分期待和这世界保持联系。

不过现在我已经无力对别人抱持幻想，也无力再悬着一颗心对人卑躬屈膝，或是击碎一切放空自己。

我再也抵挡不了寂寞。

只要继续活着，就会一再受到寂寞侵袭。

如果"老师"敞开心胸接受我，我真的能得到满足吗？会不会反而更寂寞呢？

因为我没办法让别人完全了解我的心，也无法完全占有别人的心。

所以，我只想了结我的寂寞。

不过，可以在这辈子遇到信任的人真的很幸福。

我只相信过一次，相信你和老师和我会有个幸福美好的未来，相信三个人在一起欢笑一定会很美满。

这个想法让我觉得好温暖，心中涌出无限喜悦，太美妙了。

为了留下给你们的讯息，我去当电影的临时演员。对着镜头第一次露出笑容时，我也觉得好开心。

啊啊，我终于笑得出来了。

我甚至认为，我就是为了体会这种幸福而诞生的。

那时我洒落的雪又轻又白，也很温暖。

我会握着那片雪展开旅程。

这么一来，绝对不会再感到寂寞。

能遇到你和老师——瞳和良介——真是太好了。

如果你哪天发现这份告白，别只抱怨我多么软弱没用，请务必向他转达这件事。

告诉他，我相信你们两个人，也很庆幸能为你们洒下雪花，谢谢你们曾经对我伸出援手。

这片雪花是我对你们两人的祝福。

今后我也会一直为你们洒下雪花。

雪下了一整晚，隔天早上才停，太阳高挂蓝天释放出耀眼光芒。

我在上午接到两通电话。

一通是珠子小姐打的，她生气地说："搞什么嘛！你说的那个有别墅长得又好看的根本是女人嘛！我又不是女同性恋！"

不过，当她知道心叶学长请麻贵学姐家的秘书高见泽先生帮忙，找些朋友和她联谊，又大方地说："算了，这件事我跟你就不计较了。"

第二通是小瞳打的。

她说她和奥古斯特正在机场。

忍成老师的班机因大雪而延迟，出发时间比预定的晚了一些。

结果，小瞳没能说服老师带她一起去。

昨天我离开以后，小瞳去了老师的公寓，说她要休学跟他一起去刚果。

"不可以。"

老师沉着地对小瞳说。

"我的确爱过你，不过那只是想要远远看着美丽纯粹事物的心情。我从没想过要和你一起生活。"

无论小瞳怎么发怒、哭泣、恳求，都动摇不了老师的决心。

"住在森林里研究猴子是我的梦想，你是没办法跟去的。而且你很讨厌昆虫，也受不了湿热的天气吧？我要去的地方，充满你不能接受的事物。"

老师从头到尾都是静静的，表情没有变化。

"希望你能永远记着櫂，但还是尽早忘记我吧，就当是我的请求。"

他笑着走向登机口。

"谁忘得了啊……"

小瞳的语气很冷静。

她坚决地告诉我，她随后就要去追老师，就算老师叫她回来也绝对不走，一定要让他看看自己不畏虫子、暑气和暴雨的坚定态度。

然后，她犹豫地说："或许老师一辈子都不肯原谅自己，不肯接纳我……或许从櫂死去之后，老师的心就注定要永远被櫂一个人占据……不过这些都无所谓。今后就算再寂寞也没关系，我永远都要陪在老师身边。"

说到最后，她的语气又变得坚强起来。

我听见奥古斯特在汪汪叫。

小瞳的声音像是在哭。她努力装出平时的语气，冷冷地告诉我："对了，奥古斯特的名字是我和老师一起取的。弗里德里希·李奥帕德·奥古斯特·魏斯曼，这是一位德国生物学家的名字。"

小瞳在离开以前，只对我一个人透露了这个秘密。

她寂寞地展开了旅程。

街上到处充满红、绿、金的圣诞色彩，还听得见伴随着麋鹿铃声的圣诞歌曲。

老师迟早会牵起小瞳的手。

虽然我不知道那天何时才会到来。

说不定还要好几年，或许是好几十年。

在那一天来临以前，小瞳和老师一定会很寂寞。

不对，就算他们两人在一起，只要想起了櫂，大概还是会寂寞得如同站在纯白的雪中。

即使如此，老师迟早还是会走向小瞳，小瞳也会靠在老师身上。

我相信一定是这样。

因为櫂也是这么期望的。

所以，一定会……

开场五分钟前，电影院里四分之三的位置都坐满了。

别人都是和恋人或朋友一起来，独自来看电影的或许只有我吧。

对了，我还是第一次一个人看电影呢……

我看看座位号码，在靠近中央的椅子坐下，贴着椅背。

周围的人说着悄悄话："真想早点看到美羽的新作品"，"我初中看这部电影的时候还哭了呢。"

啊啊，大家都很喜欢《仿若晴空》，都很期待美羽的新作品……

心叶学长会怎么度过圣诞夜呢？他现在在做什么呢？

旁边的位置有人坐下。

这是对号座，那里本来是小瞳的座位。

我讶异地转头一看，见到心叶学长目光柔和地凝视着我。

"心……心叶学长？怎么会是你？"

"冬柴同学把票给我了，说是要感谢我的帮助。要是不来看就太浪费了。"

心叶学长脱下外套，折得整整齐齐放在腿上。

"而且我也不曾从头到尾看完这部电影……还真得感谢你……"

他像是在自言自语。

开场的铃声响起，灯光熄灭，黑暗笼罩在我身上。

心叶学长和我贴着肩膀坐在一起，和我看着同样的方向。

他一定是来安慰我的。

我的心头揪了起来。

因为我就是井上美羽。

眼神肃穆、述说着过去的心叶学长，在学校视听教室里做出这番告白。

他说《仿若晴空》的树和羽鸟就是以自己和青梅竹马的女孩当作蓝本而写。

上次文化祭时，有个眼神刻薄、撑着拐杖的漂亮女生来看音乐剧排演……

她说不定就是羽鸟。

现实生活中的《仿若晴空》绝不美丽，而是个充满痛苦、背叛、绝望和恸哭的故事。

但我一看再看，为之深深感动的故事，明明是那么温柔、那么温馨。

预告结束，片名浮现在蓝天背景上。

相爱的两人闪亮的故事开始了。

影片还是那么美、那么温柔，今天看起来却觉得特别寂寞。

难得能和心叶学长一起看电影，我却寂寞得像是心里有什么东西渐渐剥落。

那不是伤心，也不是痛苦。

仿佛失去人生中某个很重要、不可取代的东西，再也找不回来，类似心死一般的寂寥感觉。

这一天，我体会到了真正的寂寞。

心叶学长明年就会离我而去。

离别已经近在眼前了。

今后就算再寂寞也没关系。

小瞳从手机里传出的声音隐含着决心。

我也应该怀着寂寞向前迈进吗？该在毕业典礼那天面带笑容欢送心叶学长吗？

你说是吗？小瞳……

我没有答案。

但是那一天仍会到来。

我怀着不安和寂寞坐在心叶学长身边，默默望着电影中温暖的阳光从叶缝中洒落。

某一天的七濑

吃过晚餐，我回自己房间看看手机，发现收到了电子贺卡。

Merry Christmas！七濑！

提早一天把祝福送给我最喜欢的好朋友七濑。　(V^_。)

希望七濑有个快乐的圣诞节！　＼ (˚Oˆ) ／☆

　　　　　　　　　　　　　　　　　　　　　夕歌

麋鹿和圣诞老人图案的可爱卡片让我看得不禁莞尔。

去年圣诞夜，我在派对上和井上讲话，还相约一起去看电影。不过，我今年要在家和家人一起度过。

朋友邀我"你不和大家一起来玩吗"，我只回答了"谢谢"，婉拒他们。

因为今年的圣诞夜我想一个人度过。

谢谢你，夕歌。　o(' ▽ ` *) ／♪

麋鹿好可爱喔~ ☆

我也选了一张有天使图案的卡片，打上留言回传。

告诉你喔，上次有件事让我超紧张的。　(〃°ー°〃)

文化祭之后，我传过几次短信给夕歌。

其实我一开始写的收件人是姓臣的学弟，但是寄了好几封都没收到回音。

就像一年前的圣诞夜。

当时我收到夕歌传来的短信，但是传讯给"臣"以后就没有回音。

所以这一次，我打到一半就把收件人改成夕歌。

在文化祭听到夕歌的歌声真的好开心，谢谢你。

结果，隔天就收到"夕歌"的回复。

我好感动，立刻把当天遇到的事、当下想到的事写入短信回传。

像是：我过得很好！我被井上甩了，还发生好多难过的事，有点想哭。不过我还有朋友，也得用功准备考试。而且，我对井上终于说得出真心话了，算是进步吧！

收到回复是在三天之后，我好高兴，觉得很温暖。

后来我一直定期传短信过去。

有时得不到回音，但我还是持续地传。

我尽量不要写得像是抱怨，努力表现出开朗的语气。但是当我消沉的时候，"夕歌"都会比平时更快回信鼓励我。

还有，井上拜托我女扮男装喔！　(*＾▽﹀

我第一次穿男生制服，紧张得心脏都快跳出来了。

一定会被看穿的！

我本来这样想，不过好像很顺利。

说不定只是因为我一直戴着外套上的帽子低着头。

总觉得自己像是变了一个人，还挺好玩的。

井上来向我求助，还笑着对我说谢谢，都让我好开心！

今晚我要看井上的书。

我说过一月会发售新书吧？

我也打算看看那本书。

夕歌现在做什么呢？

我也要送给夕歌满满的祝福呢！

寄出电子贺卡后，我将红茶倒进粉红色马克杯中，加上牛奶和蜂蜜泡了奶茶。

我一边拿着尾端有颗星星的金色茶匙搅拌，一边回想着，啊啊，这个马克杯是第一次和井上去看电影那天，他在回程的路上送给我的呢……

我也送了井上相同款式的蓝色马克杯……不知道他有没有用过……

现在想到井上，我还是觉得心里有点痛，但又幸福得自然而然地露出微笑。

以前我看到这个马克杯只想哭，现在却会涌出一股温暖的情绪。

在文化祭的话剧饰演伊丽莎白以后，我好像改变了一些。

不对，应该是从我不再逃避，决定站上舞台开始的。

也是因为我不安地准备上台时，听见天使的歌声。

所以，我如今能这么平静，都是多亏了日坂和天使。

日坂真是个奇特的人。

即使我嫉妒她、瞪她、打过她，她还是毫不迟疑地朝我走来。

她从不隐瞒自己对井上的爱慕，而是爽朗地笑着说出口。无论井上再怎么冷淡，她还是勇往直前。

不止如此，她甚至会为我着想。

和日坂谈过以后，我也变得比较积极。

我感觉日坂那种开朗亲切的性格，很像井上喜欢的远子学姐。

所以，日坂或许能做到我做不到的事。

或许她能像远子学姐一样，让井上表现出真正的自我。

这让我有点难过，但也不至于太不甘心。

我现在还是喜欢井上。

可是，那并非战战兢兢的不安情感，而是更平静的心情，只要靠近他就觉得幸福。

最近我早上都能很自然地向他打招呼，有时还会在走廊和他聊天。这些事都令我好开心。

以前一看到井上，我就紧张得不能呼吸，现在却变得这么自然。

我对井上说："日坂是不是很像远子学姐啊？"

他露出温暖的目光，笑着回答："是啊，尤其是没人盯着就会胡作非为的部分最像。"

我接着说："你不能和我之外的人乱来喔。"

井上很惊讶地睁大眼睛，然后眯着眼笑了，语气亲昵地说："嗯，我不会的。"

哇！我怎么会说那种话啊？而且竟然还讲得那么若无其事。我的心里好慌，脸都快红起来了，再加上井上那样对我笑，更让我脸颊发烫，心脏乱跳……可是，离开以后又觉得好舒畅。

我喜欢井上。

这点还是没变。

所以，我不会硬逼自己放弃。

不过我们很快就要毕业了。

如果见不到井上，这种心情是不是会慢慢淡化呢……

想到这里，我就难过得胸口郁闷。

我喝着凉掉的奶茶，翻开有着蓝天封面的书本陷入沉思。

日坂……打算怎么办呢？

井上一定不会对远子学姐以外的女生动心。日坂和我一样，在认识井上的那天就注定会失恋。

那她以后……

手机响起轻快的赞美歌。

"夕歌"传短信来了。

我也看过《仿若晴空》。

短信里这么写。

我突然有一种既温暖又苦涩、想笑又想哭的感觉，忍不住鼻酸。

和我一样喔！　　(=′▽`=)
我看完以后会再传短信。
夕歌也要传给我喔。

寄出短信后，我又泡了一杯奶茶。

我加了很多蜂蜜，奶茶很甜很好喝。

在加湿器吐着白雾的沉静房间里，我用 CD 搭配书本，一边看书一边听着温柔的赞美歌。

文学少女见习生的毕业

见习生

"哇！七濑学姐，这个搅拌机的威力太猛啦！巧克力都飞出来了！"

新年已过，二月初的某个周日下午。

我在七濑学姐家的厨房里，穿着鲜黄色围裙抱着一个大碗，和搅拌机陷入苦战。

厨房弥漫着巧克力和莱姆酒的浓郁香气。

"日坂！你太粗鲁啦！"

身穿粉红色围裙的七濑学姐大叫。

"咦？怎么会呢？"

"哇！不对朝着我啦！"

自动搅拌机发出呜呜低鸣，把巧克力、奶油、鸡蛋、砂糖、朗姆酒等混合物溅到七濑学姐的脸上。

"呀！"

七濑学姐吓得闭眼，她的头发、鼻子和脸颊都沾了咖啡色的糊状物体。

"日坂！"

"真的很对不起！"

我急忙将搅拌机转向自己，结果咖啡色糊状物都朝我飞来。

像剧情高潮迭起的爱情故事一样甜美的酒香和巧克力香扑鼻而来，我的脸也像七濑学姐一样沾满巧克力酱。

"日坂！快关掉搅拌机的开关吧！"

"是是是是的！"

喀嚓一声，发狂的搅拌机总算安静下来。

"呜……面粉和胡桃都还没放……材料就只剩一半了……"

"你应该担心的是其他问题吧！你这个破坏狂！"

"对……对不起啦……难得七濑学姐在忙着准备考试的期间，还愿意抽空传授我美味巧克力布朗尼的做法……再这样下去，我一定没办法在情人节送布朗尼给心叶学长……"

七濑学姐见我这么消沉，有点慌张地转开头说：

"这……这又没什么。第一志愿的学校已经考完了，而且我敢叫你来我家，早就做好心理准备了。我们家是洗衣店，巧克力这种东西一下子就能洗掉，稍微弄脏点也不会怎样。"

她有点脸红，嘬着嘴说。

啊！我认识七濑学姐越久越觉得她可爱，都快迷上她了。如果我是男生，一定很想和她交往。

我笑着说：

"所以厨房弄得到处都是巧克力也没关系，洗衣店最厉害了！"

七濑学姐大吼：

"洗衣店只负责洗衣服，又没在做居家清洁啰！"

"呃……这样啊……"

"正常的洗衣店都是这样吧？真是的，别再装傻了，快擦擦脸，从头开始做吧。"

七濑学姐拿起沾过热水的毛巾擦拭我的脸。

"七……七濑学姐，好痛！你太用力了啦，轻一点嘛。"

"你的脸皮才没薄到这么轻易就擦破呢。"

"太过分了!"

"如果你再把材料弄出来,我下次就换成铁刷。"

"哇!这太血腥了!"

我不禁发出惨叫,赶紧再从微波加热奶油和巧克力开始做起。

奶油和巧克力变成糊状以后,再加入砂糖、鸡蛋、朗姆酒,这次我轻轻地、慢慢地仔细搅拌。

七濑学姐环抱双臂盯着我。

"你如果给井上吃些怪东西,我可不饶你喔。"

"我……我会铭记在心的!"

情人节将近的某天,我说"我也好想效法七濑学姐,送自己亲手做的巧克力蛋糕给心叶学长",七濑学姐一听就脸色发青地说"我来教你吧",原来是出自这种原因啊。

我也有擅长的料理啊!不过我送给七濑学姐的香草饼干只是实验品,可能不太完美就是了……

我一边搅拌材料,一边不经意地转换话题。

"七濑学姐,你看过心叶学长的新书了吗?"

七濑学姐吸了一口气,露出难过的表情,低声回答"嗯,看了"。

然后,她又问:"日坂呢?"

"发售日当天我就买回来看了。我特地跑到市中心的大书店,一看真是不得了!堆在地上的新书像山一样高,还有好大的广告,广告牌写着'众望期盼的井上美羽新作'!"

"新闻说,上市两周销售量就突破一百万册了。"

七濑学姐好像有些落寞。

"那本小说……真的是在写心叶学长和天野学姐的事吗?"

"是啊,虽然多少有些改编……但我还是会想到远子学姐和井上,看得好难过……"

她垂着眼帘说,然后突然抬头。

"啊!可……可是真的很好看呢。这本小说和《仿若晴空》不同,有很多残酷现实的情节,感觉却很透明,看完以后会觉得心情好舒坦……井上写的小说好棒喔!井上真厉害!"

她害羞地笑着说,但感觉有一点不自然。

我也跟着难过了起来。

心叶学长为天野学姐写的小说优美又纯情,虽然有些悲伤的场面会让人看得心头纠结,但仍然是个精彩的故事,有如包围在黄昏的温暖金光之中。

可是,一想到只有天野学姐能让心叶学长写出这么好的小说,我的心里还是乌云密布,难过得想哭。

所以,我觉得在我面前笑着的七濑学姐真了不起。

"我还是……很喜欢井上,看到他写出这么棒的小说,新闻也一直播出他的消息,就觉得他离我越来越远,真的好寂寞……可是,我最近和井上说话时已经不会紧张。他也把我当成朋友一样,经常找我讲话……所以像这样轻轻松松的关系也不错啦。"

七濑学姐的表情温和,双手轻贴胸前。

"我没办法像远子学姐一样让井上写小说,不过我至少当过他的女朋友,和他一起去过新年参拜,一起看过电影,还亲手做过巧克力蛋糕给他吃。

真希望哪天有机会告诉井上,这些事情对我而言是多么地幸福快乐……真想告诉他，'能喜欢你真好'。"

七濑学姐说得都脸红了。

她转过身，用细若蚊鸣的声音继续说：

"到……到时候我或许就能放下他。所以，我要喜欢他到那一天为止。"

七濑学姐真是个好女孩。

我终于了解心叶学长和她交往的理由。

七濑学姐面红耳赤地转过头来，不安地问：

"你呢？"

"咦？"

话题突然转到我身上，让我吓一跳。

"井上毕业以后你要怎么办？"

七濑学姐担心地看着我。

我为之语塞，抱着大碗僵立不动，大概露出了可怜的表情吧。

七濑学姐见状，慌张地说："该放面粉了。"

"好……好的。"

话题就这么不了了之。

花了比食谱多三倍材料之后，我总算做好了布朗尼。表面烤得有点焦，不过趁热吃加入了大量巧克力的蛋糕，还是能充分感受到朗姆酒醇厚的芳香和可可的微苦味道。

"嗯，井上应该比较喜欢苦一点的。"

"好像在吃热的生巧克力喔！好好吃！"

"冷了以后会比较湿润，也很好吃。唔……大概在情人节的两天前做好最适合。"

"谢谢你，七濑学姐，我一辈子都不会忘记这份恩情，一定会报答你的。如果有什么吩咐，请随时告诉我！"

"不，不用啦，我只是不希望你弄些怪东西，害井上吃坏肚子而没办法考试……我可不是为了你，别误会了。"

"就当作是这样吧。"

我用铝箔纸包好热乎乎的布朗尼蛋糕，离开七濑学姐家。

好，从今天开始到情人节为止，我每晚都要烤布朗尼。

我一定要做出让心叶学长大受感动、像欧·亨利《麦琪的礼物》一样成熟香甜的布朗尼，再系上缎带送给他。

要先选好包装纸才行，明天放学以后去车站大楼的商店看看吧。

我雀跃地走回家。

但是等到太阳下山，四周变冷变暗以后，我的心也沉了下去。

情人节之后，三月也就不远了。

到时，心叶学长就要毕业。

"井上毕业以后你要怎么办？"

七濑学姐提的问题，我从第三学期开始就一直在思考。

圣诞夜和心叶学长看电影时，我想到很快就要和他分离，心里越来越寂寞，越来越胆小，好像渐渐软弱、害怕起来。

过去这段日子，我放学后或午休时间去文艺社就能看到心叶学长坐在窗边敲电脑键盘。

我笑着问候"你好"时，他也会温和地笑着回应我"你好，日坂同学"。

当我在那里写作业、写三题故事、模仿天野学姐大谈文学时，只要抬起头就能看见心叶学长坐在我的面前写小说。

从窗口射入的夕照，在心叶学长洁白的脸上勾勒出金色轮廓。

细细的尘埃缓缓飘舞，其间传出打字的轻柔声音，纤细的手指在键盘上游移……这情景总是令我看得失神。

这些幸福的时光，等到心叶学长毕业后就不会再有。

我知道心叶学长要考市内的私立大学。

那是从心叶学长家走路就能到达的学校。

又不是毕了业就绝对见不到人，而且心叶学长说不定会主动来社团活动室呢。

可是我总觉得，我一定没办法去大学门口堵他，或是假日跑去他家，甚至在寂寞时发短信叫他来找我。

不，我不能这样做。

因为心叶学长和我之间没有任何承诺。

心叶学长会容许我缠着他，只限于我们在同一个社团里，以学长学妹的关系共享这段时间。

这是特别的时间。

我非常清楚，这份爱慕只是一条单行道。

所以……等到太阳下山，这段温暖的金色时光结束以后，我就不能和心叶学长在一起了。

我突然全身无力，脚像铅块一样重得抬不起来。

天色渐渐变黑，冰冷的黑暗包围住垂头丧气的我。

隔天放学后。

我到文艺社时，心叶学长还没来。

看着桌后空荡荡的铁管椅，我想到这就是四月以后的景象，不由得情绪低落。

"真是的，心叶学长又还没毕业。"

我自言自语着，拍拍脸颊打起精神。

现在就算再怎么烦恼也没用啊，我可不想让心叶学长看到这么消沉的表情。

"来看看书吧！找一本像塞满红豆的麻糬一样振奋人心的好书。"

我贴在书柜上选书。

《罪与罚》《贫穷的人群》《没有太阳的城市》《脂肪球》……

呜……为什么名著都要取这么沉重的书名呢?

徘徊的指尖停在一本文库本上。

《德米安》。

这是心叶学长第一次推荐给我的书。

我的胸中涌起一股怀念之情。

"……《德米安》?"

"嗯，赫尔曼·黑塞写的。"

"我很喜欢恐怖故事和惊悚电影，所以我想一定能很快把这本书看完。"

心叶学长看到我天真雀跃的模样，还露出一脸疑惑呢。

我拿起这本书，翻开泛黄的封面。

"我只不过是想要努力生活得与从我真正的自我之中来的一些启示一致而已。为什么竟是这样艰难？"

"每一个人的一生代表一条向自己走去的路途，代表在这条路上走的努力，代表一条路途的启示。"

"没有一个人曾经完全发挥出他自己，可是每一个人都努力做到那个地步。有的做得笨拙，有的做得明智，每一个人都尽他的能力去做。"

"每一个人都带着他诞生的痕迹——他原始状态的黏液和蛋壳——一直带到他生命结束的那一天。"

现在读起这种整页都是字的书，我也不像从前那么头痛或惊慌。

我正在感慨时，后面有人说道：

"日坂同学，你在看什么看得这么认真啊？"

"啊，心叶学长，你好。"

我回头打招呼。

"嘿嘿，是《德米安》啊。"

心叶学长看到封面也很怀念地微笑。

"喔，就是你误以为是恶魔之子的那本书啊。"

"是啊，心叶学长还纠正我说，恶魔之子是电影《天魔》的戴米恩。"

看到心叶学长还记得这件事，我既高兴又感动。

"你后来是不是还自己买了一本书？现在的你应该可以读得很轻松吧？"

"没有啊，虽然不会再被满满的字吓到，但老实说还是读得很辛苦。尤其是这里……"

我念出那段令我百思不得其解的艰涩文章："'每一个人都不会只是他自己，不论是谁，都是仅有一次特殊至极，跟世上各种现象以独一无二的形式交会之处的一个重要而显著的点。'这段我现在还是看得头好痛。"

我不好意思地嘿嘿笑，心叶学长温和地看着我，眼神比当时的他更亲切。

"不过，有时会很想拿出来重看。虽然还是一样难懂，看到一半就晕头转向，但是每次重看好像都有新发现呢……

"这种时候我都会觉得自己变得更聪明，这就像是我的成长测量计啊！如果能彻底品尝过这本书，我就是真正的文学少女了。唔……不过目标似乎还很遥远……"

心叶学长默默地微笑。

如果我不再是见习生，而是成为真正的文学少女，我们就能再见面吗？

你会等我成长到那个时候吗？我可以继续跟着你吗？

即将脱口而出的问题又被我咽回去。

如果不是心叶学长主动给我承诺就没意义了。

我勉强压下心酸，笑着说："我昨天去了七濑学姐家喔！是为了情人节而进行特训，请心叶学长好好期待吧。"

"既然是琴吹同学亲自指导，我就可以放心了。"

"这是什么意思嘛！心叶学长是说我独创的特制甜点让人很担心吗？"

"嗯，是啊。你上次做的香草饼干吃起来舌头都会麻麻的，好像很不安全。"

"香草对健康很有帮助喔，人家都说良药苦口嘛，而且，我听说心叶学长喜欢比较苦的。"

"我可不想吃加了香草的巧克力。"

"呃……好，好啦，我不会加香草。"

我愣了一下，因为我本来还打算放朗姆酒时也加一些迷迭香和甘菊。

"那就看你的啰。"

心叶学长爽朗地说。

努力总算有了成果，切成心形的布朗尼烤得恰到好处，令人食指大动。盖上中间有心形镂空的纸型，洒上糖粉，再拿掉纸型，焦褐色的布朗尼中央就出现一颗白色的爱心。

嗯嗯，做得很好！

我开心地拿手机猛拍照，再加上表情符号，寄给七濑学姐。

成功了！　　＼ (｡ˆ▽ˆ｡) ／

我很快就收到她回复的短信。

恭喜。不过还是得先尝尝味道喔。   <<O(>_<)O>>

隔天我又收到一封短信，内容写着"我也成功了!"，还附上一张照片，水蓝色盒子里装着像鹌鹑蛋一般的浅蓝、嫩绿、粉红色球状甜点。

哇! 杏仁还包了糖衣! 好可爱喔! 粉彩色调之中还掺杂着味道看似有点苦的咖啡色小球。

七濑学姐还真是铆足了劲，我也不能输给她。

我包好一块块布朗尼，放进鲜艳的橘色盒子里，摆成容易看到心形的样子，再绑上成熟的黑褐双色缎带。

好，大功告成! 希望心叶学长会喜欢。

把盒子放进同样褐色系的手提袋之后，我才兴奋地上床就寝。

我决定放学后去文艺社时再送出巧克力。

一大早就送给心叶学长也行啊，不过我偶尔也想吊吊他的胃口。

心叶学长想必认定我会送巧克力给他，所以，我想让他猜不到什么时候会收到，希望他期待得心脏怦怦跳。

实际上反而是我比较心急，一直在想："心叶学长收到多少巧克力了? 七濑学姐已经送给他了吗? 如果心叶学长今天早退该怎么办?"完全静不下心。

"喂，菜乃，吃便当的时候别抖来抖去啦。"

"瞧你急得每十秒站起来一次，干脆早点送给井上学长嘛。"

中午和我一起吃便当的同学都不耐地催我，但我还是坚持地说：

"呜……我一定要忍到放学之后，这种事最讲究的就是时机啦。"

好不容易等到放学，我斗志高昂地前往社团。

走到社团活动室附近，突然看到鬼鬼祟祟的七濑学姐。

她来来回回地打转，又是叹气，又是握拳，有时低头，有时仰头……怀里还紧紧抱着打上银色缎带的蓝盒子。

"七濑学姐。"

我从背后小声地叫她，她却吓得魂飞魄散。

"日……日坂！"

啊，以前好像也发生过类似的事呢。

我微笑着说："你还没把巧克力送给心叶学长啊？"

"因……因为井上身边一直有别人嘛。"

她满脸通红，扭扭捏捏地低着头。

"那我们一起送吧。"

"咦!"

"来吧，七濑学姐。"

"等……等一下吧，日坂!"

我勾着惊慌大喊的七濑学姐的手臂，开门走进去。

"你好，心叶学长!"

心叶学长坐在窗边面对着笔记本电脑。

"咦？琴吹同学也来啦？"

他吃惊地问。

七濑学姐一脸不甘愿地瞪着心叶学长。

不料她突然甩开我的手，朝心叶学长跑去。

"井……井上，这个给你。"

"啊？"

"今今今天是情人节嘛，我又没有别人可以送，所所所以就做给你了。"

七濑学姐紧张得口吃，捧着巧克力的手都羞红了。

心叶学长轻松地笑着说："谢谢你，琴吹同学。我的家人都称赞你做的甜点很好吃呢。"

七濑学姐呆了一下，才转开脸说句"是……是吗"，高兴地露出微笑。

"好奸诈，七濑学姐竟然偷跑！"

我也冲过去挤进他们两人之间。

"心叶学长！这是我用全部心意做出来的巧克力布朗尼！请你收下吧！如果你喜欢，我也可以到你家去做！"

"谢……谢谢。不需要那样……"

心叶学长尴尬地笑着收下。七濑学姐鼓着脸颊说：

"日坂，你的脸皮太厚了。"

我不理她，还是堆出满脸笑容向心叶学长撒娇似的说：

"真希望心叶学长可以在白色情人节和我约会当作回礼呢！"

"喂，日坂同学……"

七濑学姐一把推开我，冲上前去。

"不行！井上，白色情人节时不可以和日坂约会，要和我约会才行！"

"琴吹同学……"

心叶学长瞪大眼睛，我也吓呆了。七濑学姐竟然说出这种话！

"你怎么了，琴吹同学？真不像你……"

七濑学姐害羞地低头。

"我……我也要向日坂学习，厚着脸皮不顾一切地往前冲。"

心叶学长惊慌地把眼睛瞪得更大。

"不行，琴吹同学……怎么可以向日坂同学那种人学习呢？"

"心叶学长！那种人是什么意思啊？"

我不满地抗议，七濑学姐却猛摇头说："不，日坂告诉过我，有时候把话说出来会比藏在心底好。所以，你的白色情人节就和我……"

"七濑学姐，你不是和心叶学长约会过很多次了吗？这次就让给可爱的学妹吧！"

我又挤进她和心叶学长中间，但七濑学姐不肯认输地推开我。

"你才应该对学姐表现出敬意咧！"

"如果是为了心叶学长，不管是学姐还是神明我都不会退让！"

"我，我也一样！"

我们两人彼此推来推去。

"停！你们不要吵成这样啦。"

心叶学长难堪地喝止我们。

然后，他叹了一口气。

"好吧，那时已经考完试了。想去哪里就去吧，当作是我的回礼。"

"井井井井井上!"

"心叶学长!"

我和七濑学姐开心地握住对方的手。

"我们三个人一起出去玩吧。"

相握的手顿时松开。

"不行的!又不是小学生远足!"

"就是嘛,我和井上两个人去就好了。"

心叶学长犹豫地说:"呃……可是,我又不能一天和两个人约会。"

"那就十四号和我约会,十五号和七濑学姐约会。如何?这样就很公平吧。"

我笑容满面地提议,七濑学姐却一把捏住我的耳朵。

"十四号要和井上约会的是我!你应该排在十五号才对吧!"

"咦咦咦!我才是十四号呢。"

心叶学长烦恼地抱着头,我则和七濑学姐开始猜拳。

"五次定输赢,赢得多的人就能在十四号和井上约会。"

"我不会输的!"

我们杀气腾腾地在狭窄的社团活动室里开始猜拳,心叶学长只能无助地站在一边看着。

结果我是三胜两败。

我赢得了三月十四号的约会权,但七濑学姐硬是吵着要抢在我前面,结果订下十三号的约会。

"心叶学长,我们要去挂满灯饰的深夜滑雪场手牵手搭缆车喔！黎明时就在朝阳照得发出银光的雪中喝咖啡！"

"不行！不行不行！没有什么黎明的咖啡！门……门禁是六点！"

"那我们就一起滑雪吧！我很容易跌倒，心叶学长要牢牢地抱住我喔！"

"这个也不行！你一定会故意让井上抱住！"

"那我们去温水游泳池，让心叶学长看看我穿比基尼的样子。"

"井上才不想看你那种扁平的身材呢！"

"哇啊啊啊啊！七濑学姐，你这是歧视！是霸凌！你根本是仗着自己的比较大嘛！那我问你，你想和心叶学长去哪里？"

七濑学姐的脸一下子变得红红的。

她偷偷瞄着心叶学长又移开目光，害羞地说：

"井……井上，真的去哪里都行吗？"

"呃……是啊。"

心叶学长提起了戒心。

"那……那我……"

七濑学姐低下头，脸越来越红。

"我……我想去迪士尼乐园。在灰灰灰灰灰姑娘城堡前面戴着米老鼠发圈和井上一起拍纪念照。"

七濑学姐充满少女情怀的梦想感化了我，所以，我很正经地决定三月十四号去动物园约会。

还有一个月，真是令人迫不及待。我满心期盼地在月历上打圈，旁边加上花瓣，还画了一堆星星。

"嘿嘿，真希望十四号赶快来。"

我幸福洋溢地这么说完，心情立刻又沉下去。

因为，隔天的十五号就是毕业典礼。

笑容从我的脸上褪去。

剩下一个月……

然后，我就得和心叶学长分离。

或许心叶学长就是因此才答应和我约会，当作是给学妹的最后一次关照。

想到这里，连白色情人节都变得好郁闷。

剩下三周……剩下两周……

我每天都在心中默默地倒数。

三年级现在可以自由出席，放学后经常只有我一个人待在社团活动室里。

看着书叹气的次数逐渐增加，根本看不下去。

我转头眺望窗外，又忍不住叹气。

操场旁的樱花树还没结出花苞。

我第一次见到心叶学长时，白色花瓣在黄昏光芒里如梦似幻地满天飘舞——我爱上了那个哭泣的男孩。

可是，毕业典礼到来时，樱花一定还没开。我还没有和心叶学长一起看过盛开的樱花，以后多半也没有机会了……

胸口突然郁闷起来。我不想继续看着樱花树，所以收拾书包，拿起外套走出社团活动室。

我刻意不看操场上的樱花树，踏出校门，颓丧地走着。

我好期待和心叶学长约会的那一天。

可是，想到心叶学长即将毕业又好寂寞，好难过。

真希望那天不要来，就算要我永无止境地苦等着和心叶学长约会也无所谓。

如果不能和心叶学长一起看樱花，即使樱花永不再开也无所谓。

我怀着有生以来最低落的心情踏上上学的道路。路面铺满干燥的枯叶，一踩下去就会发出寂寞的声响。

如果小瞳还在，我就能对她诉苦。

心情越来越凄惨，我为了振作精神而走向书店，在漫画区挑了轻松幽默的作品。

要结账时，我突然注意到外国名著文库区。

那里有本书叫《樱桃园》。

"樱"这个字刺痛了我的心，目光却不由得被吸引过去。

和心叶学长相遇的情景，伴随着金色暮霭浮现在我的眼底……

我拿起了那本书。

回家以后，我换上舒适的羊毛衫和裙子，翻开刚买的书。

《樱桃园》似乎是剧本，写的人叫契诃夫。

这是心叶学长用日落时分的罗宋汤形容过的俄国作家。

我在阅读之前做好了十足的心理准备，结果才看一点就发现大出意料，这本书的文字不像《德米安》那么难懂。

不过书中人物非常多，翻开人物介绍，光是有名字的就多达十二人！这些人在有着樱桃园的庄园里进进出出，七嘴八舌地说话，新的人物一个接一个出现，这已经足以让我看得头昏，更麻烦的是所有人名都又臭又长，根本记不住。

　　罗帕辛是有钱的商人，杜妮雅莎是庄园的女仆。叶彼霍多夫是管家，本名叫谢苗·潘其烈维奇；皮希克是地主，本名叫包利斯·布里素维奇·西梅奥诺夫……

　　为什么昵称和本名完全不一样啊！

　　每看一句对话，我就得对照人物介绍。

　　角色之间的关系只能从对话判断，所以很难搞懂。

　　总之，罗帕辛是新兴中产阶级，他的父亲是从前在庄园里工作的佃农。瓦里雅是庄园的养女，和罗帕辛似乎彼此欣赏。庄园没落以后，他们只能选择砍掉樱桃树来出租土地兴建别墅，或是整个拍卖。

　　庄园的男主人和儿子已经去世，女主人拉涅夫斯卡雅夫人则在国外住了五年，才带着亲生女儿阿妮雅回来。

　　然后，大家一起讨论着庄园今后要如何处置……大概是这样的故事吧？我实在没有信心看下去。

　　新兴商人罗帕辛很喜欢美丽的樱桃园，也很敬爱温柔美丽的拉涅夫斯卡雅夫人；夫人长久以来一直悼念着溺死在河中的小儿子；管家叶彼霍多夫向女仆杜妮雅莎求婚，但杜妮雅莎喜欢的是年轻仆人雅沙；夫人的亲生女儿阿妮雅也被死去弟弟以前的家庭教师——大学生特罗菲墨夫——热情追求。每个人都有自己的烦恼，这些烦恼也在我的脑中搅成一团，看得我头昏眼花。

　　这情况简直像是突然走进一群陌生人之间，只能拼命竖起耳朵，仔细听大家的发言。

必须从片段的对话里找出脉络，了解谁和谁相爱，谁现在处于什么状况，有些怎样的烦恼，再以想象力加以补充。

我读得很迷惑，但是台词不时像芬芳的花香轻轻飘进心中，让我忍不住停在那一页反复阅读。这本书的滋味真是奇妙。

所有人物之中，我最喜欢的就是拉涅夫斯卡雅夫人。

她是在庄园里长大的货真价实千金小姐，个性善良体贴，可是她始终改不掉贵族的习性，家道中落之后依然毫不节制地挥霍。她想起溺死在河里的儿子总是满心哀愁，即使因为爱上坏男人而陷入不幸遭到抛弃，还是毫不畏惧地爱下去。

她在小孩卧室窗口看着整片的白色樱花，沉浸在少女时代幸福回忆的那一幕让我好感动。

"好令人怀念的小孩卧室，这房间真漂亮……我小时候都睡在这里呢。"

"喔，我的孩提时代！天真无邪的时代！"

"那时，幸福每天都陪着我一同醒来，庭园也像现在一模一样，开满了整片的白花呢！"

"砍掉？你真是无知啊。要说本县有什么美好的东西，就是我们家的樱桃园。"

拉涅夫斯卡雅从来不考虑砍掉樱桃树，把土地拿来改建别墅。

可是除此之外没有其他方法可以偿还庞大的债务，拍卖庄园的时间也逐渐逼近。

无论商人罗帕辛怎么催她下定决心，她也只是一个劲地感叹自己的不幸，不肯做出正面答复。她无法对未来做出决断，只会缩着身子发抖。

她绝非令人崇拜的干练女性。

可是，她缅怀过去时像少女一般的天真语气，以及必须放弃樱桃园时的逃避和胆怯，都很令人同情，感觉好亲近。

"如果一定要卖掉樱桃园，干脆连我也一起卖了吧。"

一想到拉涅夫斯卡雅不愿失去樱桃园的心情，我就觉得喉头哽咽，无法呼吸。

我无意识地念起拉涅夫斯卡雅的台词：

"'什么是真，什么是假，或许你可以看得很清楚，但我好像被遮住双眼，什么都看不见。'"

我仿佛变成拉涅夫斯卡雅，极能贴近她的感受，也跟着她难过。

我翻回第一页，把拉涅夫斯卡雅的台词挑出来朗读。

嗯，这样好像比较搞得懂大意了。

黯淡的心情也几乎完全消散，我心无旁骛地继续朗读。

三天后，我依然演着这出独角戏。

不只是拉涅夫斯卡雅的台词，我连其他人物的台词也一起念出来。

罗帕辛的声音一定是活力旺盛、自信十足，但又有点性急；瓦里雅的语气很温和，却会透出一丝疲倦；阿妮雅感觉比较豪爽活泼；特罗菲墨夫则是喜欢讲理，像是在演讲似的。

这个人有着怎样的个性？他说出这句台词时在想什么？

我一边看，一边想象人物的心情和反应，拗口的名字读起来也不再那么伤神。

放学后，我把书包挂在肩上，双手捧着文库本，一边念台词一边走过操场。这时，后面突然跑来一个人拍拍我的肩膀。

"我叫了好几次，你怎么都没反应啊？"

小保喘得上气不接下气。

"还有，你干吗自言自语？我知道冬柴走了你一定很寂寞，但我劝你还是不要和看不见的朋友说话。"

"不是的，我是在朗读这本书。"

"朗读？"

小保非常震惊。

"竟然有高一女生边走边朗读……简直像是接收到某种诡异的电波嘛……"

她喃喃说着，然后很感慨地微笑。

"该怎么说呢……你拜托井上学长让你入社的时候，我只觉得很不妙，心想你多半连文艺社是干吗的都不知道……但你现在已经成为如假包换的文学少女呢。"

小保说的话令我暗自一惊。

我体内发凉，十分心虚。

因为，我想当文学少女只是为了接近心叶学长。

每看一本书，我就装出文学少女的态度向心叶学长报告，享受他的反应。

心叶学长毕业以后，我还会继续看书吗？会不会觉得看书变得没意义呢？

我将书本阖上，塞进书包，笑着说：

"没这回事……"

我很清楚，自己才不是什么文学少女。

小保说我是"如假包换的文学少女"更突显了这一点，令我不禁羞红了脸。

"怎么了？你的脸好红啊。"

"咦？呃……大概感冒了吧。"

"咦咦咦？菜乃也会感冒？"

"喂，竟然这样说！我也是会得麻疹、水痘、腮腺炎的啊。"

"真意外。"

"讨厌！小保，你要请我吃一个鲷鱼烧！"

我们吵吵闹闹地走向校门。

"咦，那是什么？"

我发现奇怪的东西，赫然停下脚步。

"怎么了？菜乃？"

"那棵树上绑着制服缎带呢。"

灰色天空之下，鲜艳土耳其蓝的缎带垂在高大樱花树上飘荡着。

"喔喔，那个很有名呢。"

小保向我解释。

"听说偷偷在学校的树上绑缎带可以实现愿望。"

"喔？"

"那只是迷信。如果这样就能实现愿望，学校里早就绑满缎带了。"

"说的也是……嘿嘿。"

我笑着转开视线，但蓝色缎带依然在我的脑海中飘扬。

听说偷偷在学校的树上绑缎带可以实现愿望。

如果真的可以实现愿望，我希望永远都能和心叶学长在一起。

希望心叶学长不要毕业，永远留在文艺社，即使我不能当心叶学长的女朋友也没关系……一直当他的学妹也没关系，我只想待在心叶学长的身边。

如果真的能实现愿望……

冷风迎面吹来，心情也变得好凄凉。

我真笨，在胡思乱想什么嘛！

这种愿望怎么可能实现呢？

人只要活着，时间就会以同样的速度流动。

我压下了回头再看一次缎带的冲动，迈出步伐。

我一遍一遍地朗读《樱桃园》。

我也不晓得做这种事究竟有什么意义，但我就是没心思读其他新书。

"姑婆寄了一份委任书给舅舅，要用她自己的名义买回庄园，把债权移转过去。"

"住在雅罗斯拉夫的姑婆寄了一万五千卢布，要用自己的名义买下这片地。她不信任我们，这么大一笔钱，光是利息都付不起。"

我一天比一天更喜欢这些人物。

从贫困之中脱颖而出的罗帕辛，关心养母和妹妹的瓦里雅，对未来充满希望的少女阿妮雅……每个人都像我的朋友。

不过，最能引起我共鸣的人，依旧是拉涅夫斯卡雅。

我已经朗读《樱桃园》多少次了呢？

心叶学长顺利地考上第一志愿的私立大学。

而且，三月十四号白色情人节也来临了。

"小学毕业以后我就没来过动物园呢！"

"我倒是来过好几次，我妹妹很喜欢这里的欧卡皮鹿。"

这天是个大晴天。

气温有点冷，不过吐着白烟在动物园中漫步还挺愉快的。

"欧卡皮鹿是什么啊？"

"那是长颈鹿科的动物，身体是褐色，脚像斑马一样有黑白条纹。"

"哇，好像很时髦，真想快点看看。"

我雀跃地走在心叶学长身边，靴子和轻便的短裙洋装都是新买的。

"对了，心叶学长和七濑学姐的约会怎么样？"

心叶学长稍微低头，柔和地微笑。

"嗯……很愉快啊。"

"那个'嗯'和'很愉快'之间为什么停顿一下？"

"咦？有吗？"

"呜……看到心叶学长的表情这么高兴，真是让人在意。你们昨天约会时，到底发生什么事啊？"

心叶学长温和地说：

"没什么，只是玩玩游乐设施、看看游行、在纪念品店买买东西罢了。不过我很庆幸有时间和琴吹同学好好地聊天，她也说得感谢日坂同学呢。"

"咦咦咦咦！我昨天寄短信问七濑学姐'约会如何'，她只冷冷地回我一句'不告诉你'……没……没想到她竟然会感谢我……哇！真不好意思！"

心叶学长忍住笑意，看着我惊慌失措的害羞模样。

"不过她又说学你的作风太丢脸了，也很耗费体力，以后还是别再尝试。我回答她'这样最好'。"

"这是在夸我还是在损我啊？"

"你喜欢怎么想就怎么想吧。"

心叶学长的笑声飞散到清新的空气中。

"就当成夸我吧！"

我也开朗地笑了。

今天一定要快快乐乐地度过。

心叶学长眯起眼睛。

"嗯，这样才像日坂同学。"

"嘿嘿，心叶学长又夸奖我了。"

从前被心叶学长漠视的时候，我完全没想过可以像这样和他亲密地交谈，更别说是为了他打扮得漂漂亮亮地出来约会。

　　后来，我们看了狮子、河马、北极熊、红猫熊，玩得好开心，笑个不停。

　　我们也拍下很多照片。

　　我拍了心叶学长的笑脸，也和他拍了合照。

　　"哇！这张合照看起来真像情侣！太棒了，真是奇迹的照片啊！我一定要传给小瞳看！"

　　我眉开眼笑地看着手机上的照片。

　　"你和冬柴同学还有联络吗？"

　　"嗯，我常用电脑给小瞳写邮件，不过小瞳太酷了，很少回信给我。"

　　小瞳几乎不回信，一定是因为不想对我诉苦。

　　我猜她的情况不太乐观。

　　出发之前小瞳就已做好心理准备，她知道老师一定不会在短期内接纳她。

　　不过小瞳的回信里，一次都没提过"回国"二字，所以她如今一定还在心上人的身边继续努力。

　　"我想小瞳一定没问题。"

　　我满怀信心地说。

　　心叶学长露出柔和的眼神。

　　"和她最要好的日坂同学都这么说，那一定错不了。"

　　"嗯！"

　　我抬起头，精神饱满地回答。

　　"心叶学长，我们去看猴子吧。"

"好啊。"

我拉起心叶学长的手，他并没有甩开。

或许他发现我在小瞳离开之后变得很寂寞。

因此在到达猴子区以前，我一直装出天真的模样，轻轻牵着心叶学长的手。

我好想要承诺。

好希望心叶学长主动给我承诺。

无论多么微不足道都没关系，只要能保证我今后还能和心叶学长在一起就好。

"你看，那只猴子抱着小猴子呢！好可爱！啊，那边的猴子甩了身边的猴子，低头不理人家，动作和人好像喔！"

兴奋地指着猴子的我其实怀着迫切的愿望，心叶学长一定没有发现。他可以敏锐地察觉到我的寂寞，可是从认识以来却从来没注意到我对他的感情。

不过，我一直很喜欢迟钝的心叶学长。

要好的学长学妹轻松对话持续下去。

"日坂同学，你最近在看什么书？"

"契诃夫的《樱桃园》。心叶学长说契诃夫的味道像日落时的罗宋汤，但我觉得比较像加了樱桃果酱的俄罗斯红茶。如夕阳般晶莹嫣红，而且暖呼呼的，但又带点涩味，里面还有酸酸甜甜的果酱呢。"

心叶学长温柔地眯着眼睛听我形容。

每次看到他这种表情，我都高兴得心脏怦怦跳，今天却觉得格外寂寞。

"有好多难念的名字，我看得头昏眼花，不过开始朗读以后，就越来越能理解那些人物的心情。

虽然里面没有建立丰功伟业的大人物，也没有赫赫有名的罪犯或僵尸，只是一群平凡人，却让人觉得好亲近。我也背了很多喜欢的台词喔。"

锥心之痛仍然没有消失，我为了不让心叶学长察觉，便抬头挺胸地背诵加耶夫的台词。

加耶夫是拉涅夫斯卡雅的哥哥。他的本性不坏，但经常多嘴说些不该说的话，是个爱听奉承话的大叔。

"可敬可爱的书柜啊！我要向你致敬，百年来你不断宣扬善良正义的光明理想。"

"百年来你对建设性劳动的沉默呼吁不曾衰减，鼓舞着我们民族世世代代的士气以及朝向美好未来的勇气和信念，教育我们善良和社会自觉的理想。"

加耶夫朝着烙上百年前年号的书柜尽情演讲，甚至讲到声泪俱下。这一段每次都让我看得好感动。

聚集在这庄园的人们各有各的立场和烦恼，但是大家对樱桃园都一样怀念，一样为它即将消失之事感到遗憾。

加耶夫如果能力足够，一定也会保护这个珍贵的樱桃园。

拉涅夫斯卡雅和瓦里雅也是，就连建议砍掉樱桃园改建别墅的罗帕辛也一样……

也一样……我也一样……

胸中突然隐隐作痛，心脏几乎迸裂，声音卡在喉咙，令我不禁低下头。

"日坂同学？"

心叶学长惊讶地问。

我的脖子僵硬，无法动弹。

但我仍努力抬头，拼命扬起嘴角。

"不好意思，我要先回家了。"

"咦？"

"很感谢心叶学长，今天真的很愉快！这是我人生中最棒的白色情人节！"

我朝他鞠躬。

"拜拜！"

我故作开朗地说完，拔腿就跑。

"日坂同学！"

心叶学长大叫，我却头也不回地跑走。

现在如果回头，心叶学长就会发现我在哭！所以绝对、绝对不能回头！

和心叶学长约会是这么开心，这么幸福，我为什么要哭呢？

明天就是毕业典礼了呀！

这是最后一次和心叶学长相处的宝贵时间呢！过了明天，说不定永远没机会再见面，但我竟然丢下心叶学长逃走！

我不是已经决定今天要快快乐乐地度过吗？

"我无法静静地待着，真的没办法。"

"你笑我吧，笑我是个傻子吧。"

唉，如果樱桃园能继续维持从前的模样就好了。
如果能相约再会就好了。
可是，心叶学长没有给我承诺！
我和心叶学长相遇的宝贵樱桃园，明天就会消失了！

我在电车上低着头嘤嘤哭泣，附近的乘客都偷偷地看我。
回到家后，我躲进自己的房间，瘫在坐垫上打开手机。
心叶学长传了短信给我。
他似乎很担心我，还说他今天过得很愉快，然后是：
"你明天会来学校吧？明天我就不是文艺社的社长了，所以
想以学长的身份去打个招呼。"
看到这句话，我又涌出泪水，喉咙颤抖。
我翻出心叶学长至今传给我的所有短信。
每一条都是我的宝物，但其实加上今天的也只有六条。而
且多半都是"你的短信太长了"、"你传太多短信"之类的冷淡
内容。
这一年里，我和心叶学长之间只有这点情谊。
我泪眼蒙眬地望着小小荧幕上的文字。
我喘不过气，胸口郁闷，脸上满是泪水，不停地抽噎。
这不是寂寞，也不是蒙眬不清的感觉。

而是更强更痛，有如刀割般的悲哀。

真希望明天永远不要来。

可是，明天还是会来。

樱桃园会被卖掉。由于新主人的决定，开满白花的樱桃树将会被人一斧一斧地砍倒。

到底该怎么办呢？我想不出答案，只能不断流泪，一次又一次看着心叶学长传来的短信，看了一整晚。

隔天早上，从窗帘缝隙照进来的阳光刺得我眼睛好痛。

我做好上学前的准备就提早出门。

本来打算买花束送心叶学长，但我经过花店时没有停下来，继续快步走向学校。

在这种时间到校的学生很少，我走进空荡荡的校门，没有走向校舍，反而去了音乐厅。

麻贵学姐环抱手臂站在音乐厅门口。

她穿着贴身的丝质洋装以及毛皮外套，艳丽得像盛开的玫瑰。

麻贵学姐鲜红的嘴唇缓缓上扬。

"早安，我看到短信了。竟然在凌晨三点发短信来，你熬夜熬得太晚了吧？看你的眼睛肿成那样，脸也肿起来了。"

"没关系，我可以在举行毕业典礼的时候补觉。谢谢学姐答应我的请求。"

"你那个请求……是认真的吗？"

我默默点头。

麻贵学姐微微一笑。

"喔，那就来吧。"

她率先走进去。

我们搭电梯到顶楼，走向画室。

"呃，酬劳就让我分期付款吧。"

"不用了，能亲眼看到你'那一瞬间'的表情就已足够。"

麻贵学姐轻松地说着，打开画室的门。

我想起自己第一次来这里的时候，紧张得心脏都快要跳出来。

没想到你会用这种方式来找我。

当时，有一头波浪卷棕色长发的艳丽美女坐在椅子上捧腹大笑。

你在井上心叶相关人士之间已经很出名啰。

她曾兴趣盎然地盯着我说。

墙上跟当时一样，挂着一幅遮着布帘的画。

那是远子的画像。

她曾露出试探的眼神调侃我"要不要看看啊"，我还闭紧眼睛大叫"我不想看"。因为我很怕看到真实的天野学姐。

我总觉得看见天野学姐的模样就会陷入绝望，心里染成一片漆黑。

可是，我现在却走向天野学姐的画像。

我抬起头，站定脚步。

麻贵学姐面露笑容，揭开布帘。

我纹风不动地凝视着画像。

首先映入眼帘的是盖满画布的耀眼金光。

然后是光芒中的少女。

披垂在老旧木椅上的细长辫子。

像雪一般洁白的脚趾，纤细的脚踝……

我稍微喘息，再拉高视线。

翻着泛黄书本的纤细手指，披着新娘白纱般白色蕾丝窗帘布的苗条身材。

细致的脖子，温柔微笑的樱花色嘴唇，雪白肌肤，望着书本的水灵眼睛。

那个女孩屈膝坐在椅子上看书。

她的头发一边编成辫子，一边松开，如瀑布般流泄在蕾丝窗帘上。

窗帘之下看似没有衣服，她的手脚裸露在外，皮肤在金光照耀之下显得晶莹剔透，但是丝毫没有色情的感觉，反而显得很神秘，美丽透明得令人屏息，而且好温暖。她望着书本的眼神是多么的温柔啊，好幸福好柔和的眼神。

黄昏时分的金光，轻柔地点缀在纤细的躯体和温柔白皙的脸庞上。她的身影和表情有点像心叶学长写小说的模样。

我的脑袋发热，身体颤抖，只顾着睁大眼睛注视那幅画。

这个人就是天野学姐。

她就是心叶学长在满天樱花之中哭喊的人，是让心叶学长写出那个悲伤温柔故事的人，是如今仍然占据心叶学长心房的人。

这个人就是天野远子……

心叶学长的文学少女！

啊啊，好美的人，看起来知性、温柔、体贴，比我想象的还要出色。

我早就知道，如果看了天野学姐的画像，一定会体会到心碎的滋味。

但是，为了在今天的毕业典礼上勇敢地面对心叶学长，我终于下定决心来看天野学姐的画像，所以三更半夜传短信给麻贵学姐。

我请求她，在毕业典礼开始之前让我看看天野学姐的画像。

如果为之折服，我也只能乖乖认输。

可是看到那双满怀爱意注视书本的温柔眼睛，我的心情却意外地平静。

我朝着画中的天野学姐静静地微笑。

心叶学长喜欢的人果然很棒。

我只是个见习生，远远比不过她。

就算这样，我还是爱着心叶学长。

我在心中对她说，正如你看过我不知道的心叶学长，我也看过你不知道的心叶学长。

我怀着最高的敬意和憧憬，对这位真正的"文学少女"鞠躬。

谢谢你。

虽然我们没见过面也没说过话，不过想必都是因为你，才会有今日的心叶学长，而且我也得到了面对心叶学长的勇气。

谢谢你。

我怀着清新的心情抬起头，发现麻贵学姐笑眯眯地看着我。

"这是代表见习生向文学少女宣战吧？这种青涩的感觉真有意思，你让我看到了精彩的画面。"

接着，她轻轻摸着我的脸说：

"见习生，你将来一定是个好女人。虽然胸部好像不会再长大，但一定会是个心胸宽大、关怀别人、充满魅力的好女人。"

我红着脸向麻贵学姐鞠躬，离开了音乐厅。

室外充满清凉的清晨空气，到处都是走向校舍的学生。

天空蔚蓝得让人好想张开双手跳进去，樱花树终于开出花苞。

心叶学长今天就要毕业了。

我对麻贵学姐说过会在毕业典礼上补觉，事实上脑袋却很清醒，一点都不想睡。

周围不时传来叹气或啜泣声。

初中毕业典礼时，大家都哭得惨兮兮，但高中生只是静静地哭泣。

有人咬着嘴唇强忍泪水，有人含泪望着台上，真的哭出来的人也只是抬起脸静静地掉泪。

我没有哭，而是挺直腰杆，看着心叶学长被点名上台领毕业证书时优雅地敬礼。

毕业典礼结束后，大家回到教室。

我在班会开始之前去了心叶学长的教室。

“心叶学长。”

“日坂同学。”

胸前戴着红花的心叶学长一脸和气地走向我。

“心叶学长，毕业典礼之后你有空吗？”

“我的家人要在家帮我庆祝。”

“那你回家之前，可以陪我一下吗？”

我说出时间和地点，心叶学长显得有点困惑。

“嗯……好吧。”

“嘿嘿，那就晚点见啦！”

我在心叶学长回话以前就快步跑走。

班会结束后，毕业生和欢送他们的在校生塞满了走廊和操场。有的拿手机或相机拍纪念照，有的送花，有的甚至玩起抛人，场面十分热闹。我还听到有人放声大哭。

心叶学长收到了竹田学姐和合唱社社员们送的花。

雫学姐也来了，她和十望学姐一起害羞地送出可爱的粉红色花束。

我一直站在远处看着。

我没向心叶学长说话，只对七濑学姐说“恭喜你毕业”。

大概是我的表情太开朗，令七濑学姐有些惊讶。

然后她噘着嘴，不好意思地说：

“你……你也帮了我很多，谢谢你邀请我参加文化祭的话剧。"

距离约定的时间还很久，所以我先在校内到处闲逛，一到文艺社活动室就看到心叶学长。

心叶学长轻轻摸着他一直用来写小说的老旧木桌，神情充满怀念。

他一定是回忆起在文艺社里经历过的点点滴滴。

我想象着心叶学长在这书本围绕的小房间里度过的三年，心头不禁揪紧。

我所不知道的心叶学长高一时代、高二时代。

还有高三……

或许心叶学长想在离开社团活动室之前，和过去的自己告别。

我不想打扰他，所以悄悄地离开门边。

因为没地方可去，我又开始在校内散步。

我想着心叶学长的事，一点都不觉得无聊。

好比说，啊啊，我就是在这条走廊找到心叶学长，第一次对他说话。

我曾经在这里心跳不已地等着心叶学长经过。

我冲向心叶学长时在这里跌倒了，心叶学长一脸无奈地扶起我……

图书馆、体育馆、器材室、视听教室……到处都留下我和心叶学长的回忆。

我漫步在走廊上，念出拉涅夫斯卡雅的台词。

"好怀念啊，我的书柜……我的小桌子……"

"我的命运今天就要决定了，我的命运……"

窗口射入金光，照得走廊一片明亮。

时间到了。

好了，走吧。

我下楼换上鞋子，没穿外套就直接走出去。

三月中旬的空气还有点冷，但我丝毫不以为意。

我直接走向操场。学生们都离开了，操场变得冷冷清清。

夜幕降临前的金色暮霭，点亮校舍和旁边的树木。

其中最粗壮的一棵树长在文艺社窗口的正下方。

心叶学长提着书包和外套站在树下。

我走到心叶学长面前，笑着说：

"恭喜心叶学长毕业。"

心叶学长温和地微笑。

"谢谢你。"

"不好意思，我现在要爬树。"

"咦?"

心叶学长睁大眼睛，发出疑惑的声音。

我笑着攀上树干。

"听说在树上绑缎带可以实现愿望，所以我也想挑战看看。"

"那也不需要现在爬树啊！而且正确的传闻应该是……"

"没关系。"

我开朗地抢着说，然后一脚蹬上树。

"现在不爬就没意义了，要在心叶学长还是我学长的时候爬才行。"

我的语气让心叶学长说不出话。

没错，现在不做就没意义了。

我卖力地爬树，抓住树枝，找寻踏脚的地方，喘着气不断往上爬。

手掌和粗糙的树皮不断摩擦，痛得火辣辣的。

脚踩滑了好几次，每次都吓得我心脏冰凉。

"太危险啦，日坂同学。"

"我有心理准备的。"

我气喘吁吁地回答。

抬头望去，树枝反射出夕阳的金色光辉，变得好刺眼。

汗水从额头流进眼睛，我拼命眨眼。

只剩一点……

我像猫一样攀住越来越细的树枝，直往上爬。

用单手解开制服上的蓝色缎带时，心叶学长似乎倒吸一口气。

其实我知道，一定要在没人看到的时候绑缎带。

心叶学长刚刚想讲的应该是这件事。

让人看见的话，愿望就不能实现。

可是，我的愿望从一开始就不可能实现啊！

大家早就说了绝无可能啊！

"一点希望都没有吗？"

"应该是零吧。"

"是吗……"

"对不起。"

我把心意寄托在袋鼠的故事里，向心叶学长告白时，他果断地拒绝我。

那时我已经失恋了。

后来我一再地向同一个人表白，也一再地失恋。

"日坂菜乃同学，我讨厌你。"
"不可能的，任何人都不可能做到远子学姐那样。"

心叶学长一开始对我很冷淡，封闭自己的内心，眼中只有天野学姐离去的背影。

"你最好还是快点放弃，井上不可能喜欢远子学姐以外的人！"
"还是别喜欢我比较好，因为只会白费工夫。"

我很清楚这是没希望的挑战。

爱上深深思念其他女人的男人，本来就注定要流泪，要吃尽苦头，受尽折磨。

我都知道！

但我就是停不下来！

即使全世界都说我没希望，我还是不想放弃。

我满头大汗地擦亮眼睛，把集中力灌注于指尖，在小树枝上绑好缎带。

在梦幻的金色光芒中，土耳其蓝的蝴蝶结翩翩飞舞。

我满意地笑着往下看，心叶学长很紧张地盯着我。

四目交会。

我笑容满面地大声喊出无法实现的愿望。

心叶学长，我喜欢你！我最喜欢你了！请你也喜欢我吧！

心叶学长愕然地吸气。

他睁大眼睛，吃惊地看着我。

然后他露出苦闷的表情，眼神变得好悲伤，一动也不动。

我屏息看着心叶学长，心痛得无以复加。

寒冷的风吹得蓝色缎带不停摇曳。

此时，心叶学长轻轻扬起嘴角。

日坂菜乃同学，我也喜欢你。

这清澈的声音说出我永生难忘的话。

"我喜欢你的积极乐观。"

他抬头凝视着我。

"我喜欢你的勇敢，还有你看到别人有困难一定会伸出援手的体贴之心。"

带着温和的笑容。

"我想在毕业前告诉你，我很喜欢日坂菜乃这个学妹。"

心叶学长的语气、言词、微笑都甜美地渗进我的心胸。

我知道这句"喜欢"不代表爱情。

心叶学长的眼神太冷静，那不是坠入情网的眼神。

可是他以信任的眼神看着我，说他喜欢我。

我狂喜到心脏快要炸开，有一种想哭的冲动。

心叶学长温柔地叫着我。

"下来吧，我有东西要送给你。"

我吸着鼻子说："不……不可以偷看我的裙底喔。"

心叶学长见我害羞起来便噗哧一笑。

"我不会看的。"

"呜……反驳得那么干脆更让人难过。你想看的话就看吧。"

"你真是的……再不下来我就要走啰。"

"啊！等等、等我一下吧！"

我急急忙忙地滑下树干，还没爬到底就松手跳下来。

"哇！"

膝盖撞到地面，痛得我差点哭了。

"日坂同学！你没事吧？"

"没事！"

我开朗地抬头回答。

"这个给你。"

眼前出现一本杂志……这是连载《文学少女》的杂志？

心叶学长不好意思地微笑。

"这是昨天送来的样本，送给你。"

"咦？咦咦咦？谢……谢谢。"

我惊疑不定地接过杂志，看看封面。

"哇！这期的封面特集是井上美羽！哇！还有未发表的短篇……咦？"

心脏猛然一震，我的手僵住了。

《放学后，油菜花与我》?"

我吸了一口气，继续往下翻。清爽的文字描写着高中生"我"和老是把他耍得团团转的活泼学妹共同度过的温馨日常生活……

"这……这个学妹就像艳阳底下的油菜花……这是……"

我望着杂志，震惊到口齿不清。心叶学长依然不好意思地说："我突然很想写这个故事。"

我一抬头就看见心叶学长温柔地笑着，他的发梢和脸的轮廓都带着金光。

有股热意从喉咙直往上冲。

我紧紧抱着杂志。

"谢谢你，心叶学长，这是最棒的礼物！"

我忍着不让泪水流出，开怀地笑了。

我好开心！开心得不得了！

心叶学长把他和天野学姐在一起的经历写成《文学少女》。

那是他写给天野学姐的情书，我怎样都赢不过天野学姐。可是，我也确确实实地存在于心叶学长的日常生活中！

我和心叶学长的故事就像一篇短篇小说，实实在在地留在心叶学长的心中。

心叶学长为我写了这个故事，为我准备了最棒的礼物。

"差不多要走啰。"

"好……啊！心叶学长！"

我想到一件非说不可的事，含泪笑着说：

"我说过最近在看《樱桃园》吧？拉涅夫斯卡雅从小住到大

的樱桃园被新兴商人罗帕辛买走，一家人离开庄园，在外面听着斧头砍倒樱桃树的声音……这个故事的结局并不圆满。我看完《樱桃园》以后虽然很难过，却也感到心情焕然一新。好像预告着故事结束以后，又会展开另一个新的故事。"

心叶学长面带微笑听着我最后这段话。

我强忍泪水笑着说："现在的我已经可以从这个故事的结局看出'希望'，想象今后会有的美好未来。所以，我一定没问题！"

我的心意一定传达到了。

心叶学长温柔地点头。

"嗯。"

他摸摸我的头，向我道别。

"再见了，日坂同学，文艺社就交给你了。"

"好的！"

我的胸口紧缩，声音也变得沙哑，但仍露出最灿烂的笑容回答。

心叶学长轻摸我的头发，慢慢收回他的手。

我们再度互看一眼。

心叶学长露出微笑，我也笑了……

他转身离去。

毫不迷惘的果断脚步走过辉映着夕阳金光的操场，走向校门。

一年前哭喊着离去之人的男孩昂首挺胸，头也不回地大步向前走。

我抱紧心叶学长送给我的故事，注视着我最喜欢的人。

忍耐已久的泪水在冰凉的脸上画出一道热流。

夕阳下逐渐远去的背影。

我的初恋。

多么奢侈的单恋。

能和喜欢的人这么亲近，可以每天看着他，和他说话，对他倾诉烦恼，还能让他摸头。

而且，可以一再表达我对他的感情。

绝对没有比这更幸福的单恋了！

我的心神震荡，看着人影在耀眼光芒中渐渐缩小。

好幸福。

无比幸福。

洁白花瓣在柔光之中乘风飘舞。

樱花才刚长出花苞，应该还要很久才会飘落……

我清晰地想起第一次看到心叶学长时满天飞舞的樱花。

有如祝福一般，纯洁而亮丽的小小花瓣洒在心叶学长的身上。"樱桃园"没有消失，只要我继续想象、创造，花朵仍会在心中绽放。

我和心叶学长之间并没有任何约定，他直到最后都没有给过我承诺。

但是，我们还是拥有回忆！

心叶学长给了我好多重要的、美好的东西，就像清澈泉水般源源不断，晶莹闪耀地挥洒而出。

我一次又一次地重温，如同翻着书页。

在漫天樱花之中离去的拉涅夫斯卡雅感慨万千地自言自语：

"喔，亲爱的、可爱的、甜美的樱桃园……我的生活，我的青春，我的幸福，再见……再见！"

　　一切都从这里开始，我也在这里告别了初恋。
　　再见！再见！
　　夕阳慢慢下沉，遮蔽视线的无数花瓣在夕照之下闪闪发光。
　　契诃夫写的是黄昏的故事。
　　可是，故事结束以后又会有新的故事展开！
　　我今后也要继续看书，继续翻开新的故事。
　　我一定会再爱上别人，主动地去追求爱情！整颗心充满喜欢某人的感情，强烈到世界都会为之改变！
　　总有一天，我也会踏出那道门。
　　我望着心叶学长经过的校门，微笑着念出《樱桃园》的台词。

「新生活万岁！」

后记

　　大家好，我是野村美月。

　　感谢你们一路陪着"见习生"直到毕业篇。

　　主题书目是夏目漱石的《心》和契诃夫的《樱桃园》。我在初中课本上看过《心》，那种无可奈何的剧情令我受到极大的震撼，真不知道漱石在写这部小说时是怎样的心情。我也很爱契诃夫的其他作品，经常朗读喜欢的段落，《海鸥》和《万尼亚舅舅》也要一起推荐给大家！

　　外传的构想是在本传《沉陷过往的愚者》那段时期决定的。本传的结局和各个角色的后续发展都和当初预定的一样，我想象着心叶在远子离开以后会有怎样的生活，所以就有了菜乃。

　　我很想写一个即使单恋还是朝着喜欢的人勇往直前，像太阳一样热情的女孩。

　　能写出三本菜乃和心叶的故事都是托各位之福，感谢你们。支持菜乃的呼声真的给了我很多鼓励，我也很期待心叶毕了业、走出那道门以后，能变成更温柔可靠的男人。

　　上次在后记里拜托过大家阅读"文学少女"系列时要依照出版顺序，后来又有人询问"见习生"系列和"插话集"系列的部分。可以的话，也希望大家能依照《爱恋插话集1》《见习生的初恋》《爱恋插话集 2》《见习生的伤心》这个出版顺序来看。

因为推出了剧场版，我打工的地方有很多同事都说"我买来看了唷"，让我又感激又开心，不过也有很多人说"可以从《爱恋插话集 1》开始看吧？"（泣）。我每次听到都会大喊"不要这样啦！"，拼命解释阅读顺序应该是如何如何，同事听了就吃惊地回答"原来是这样啊"。我再拜托大家一次，请务必告诉朋友"要依照出版顺序来看"！

剧场版的周边商品也陆续发售，我要特别推荐的是剧场版主题曲《遥远的日子》。轻柔的旋律和歌声都好美，描述心叶视角的歌词让我听得都哭了。cw 曲《雪中的归途》则是远子视角，这首同样很动人心弦呢！请大家一定要两首一起听。《遥远的日子》是由 Lantis 唱片公司制作，现正热卖中。

还有一件事，预定十月发售的远子模型真是可爱极了！"用餐"时的幸福笑容和罐装半鱼人版本都好迷人！请大家一定要看看！

下一回就是《爱恋插话集 4》，封面预定是美羽，但远子和心叶的内容占得较多，此外也有美羽和芥川的故事，以及琴吹同学在本传结束后的故事。年尾再会吧！就先这样啰。

二○一○年　六月二十二日　野村美月

※ 本书引用、参考了以下著作：

《こころ》(心，夏目漱石著，集英社出版，一九九一年二月二十五日第一版，二〇〇八年八月十一日第三十四版发行。)

《新潮日本文学アルバム　夏目漱石》(小田切进编辑、评论，江藤淳执笔，新潮社出版，一九八三年十一月二十日发行，二〇〇三年五月二十五日第十九版发行。)

《デミアン》(德米安，赫尔曼·黑塞著，高桥健二翻译，新潮社出版，一九五一年十一月三十日发行，二〇〇七年五月二十五日一百零一版改版。)

《桜の園》(樱桃园，契诃夫著，神西清翻译，新潮社出版，一九六七年八月三十日发行，一九九〇年八月二十日第四十七版改版，一九九五年二月二十日第五十六版发行。)

谢谢大家！

外传

后记。